浮世

浮石 著

天地出版社 | TIANDI PRESS

图书在版编目（CIP）数据

浮世 / 浮石著. — 成都 : 天地出版社, 2021.7
ISBN 978-7-5455-6304-7

Ⅰ. ①浮… Ⅱ. ①浮… Ⅲ. ①散文集－中国－当代
Ⅳ. ①I267

中国版本图书馆CIP数据核字（2021）第046352号

FU SHI

浮世

出 品 人　杨　政
作　者　浮　石
责任编辑　陈文龙　王　鑫
装帧设计　今亮後聲 HOPESOUND · 张今亮 赵晓冉
2580590616@qq.com
责任印制　王学锋

出版发行　天地出版社
　　　　　（成都市槐树街2号　邮政编码：610014）
　　　　　（北京市方庄芳群园3区3号　邮政编码：100078）
网　　址　http://www.tiandiph.com
电子邮箱　tianditg@163.com
经　　销　新华文轩出版传媒股份有限公司

印　　刷　慧聚印刷（天津）有限公司
版　　次　2021年7月第1版
印　　次　2021年7月第1次印刷
开　　本　787mm×1092mm　1/32
印　　张　7.25
字　　数　127千字
定　　价　68.00元
书　　号　ISBN 978-7-5455-6304-7

侠客仗剑走天下，
骚人抱琴觅知音。

目 录

关于浮石的

三言两语

财神示爱图

我理解的财神是有人间烟火气的，财神是有五情六欲的，财神爱的人，应该乐善好施，财神会送上一朵小红花

辛丑正月初六
漫品吾宇宙左手画

我理解的财神是有五情六欲的，是有人间烟火气的，财神爱的人，应该乐善好施，少利己多利人，对这种人，财神会送上一朵小红花。

这篇命题写作，从接到任务到今天，我一直很难动笔。

也许是因为太熟悉，有太多的事可以回忆，反而一时不知从何说起吧。又可能是因为我并不自信完全了解他，所以怕写岔了，写偏了，写不像了。

而我今天突然有一股郁结在胸腔的混沌之气，促使着我必须抒发出一些什么来，以白纸黑字去排遣一些或钦佩或怨恨或谅解的情绪。这些情绪的来由，得从一堂剧本课说起。

我的戏剧老师一直是一个喜欢挖掘别人身上故事的人，那天又一次开始安排学生到讲台上剖析自己的人生，于是我很不幸地"中标"了。站在讲台上的那二十分钟里，我略带紧张地沉醉在自己回忆的世界里，嘴巴的张合动作似乎都已经不受大脑控制。直到走下讲台的那一刻，我才意识到，我原来那么多次提起了浮石……

说起我从三岁开始学画的经历，我就瞬间看见了您拿着我的国画作品向老师炫耀的表情。

我还记得在那个大大的画室里，我们曾经分坐桌子两边画画的安静时刻。

我现在的名字是我们在海南师范大学怡园小区的水

通常情况下，人们脑子里的鱼总是比水里的更加肥美
己亥 泽民

通常情况下，人们脑子里的鱼总是比水里的鱼更加肥美。

塘边钓鱼的时候定下来的。还记得住在怡园的日子吗？那是我迄今为止过得最幸福最美好的一段时光，虽然在怡园的家里，您在三秒钟以内便杀掉了我从小养大的鸭子，就因为它趁我们不在的时候，从厕所里逃出来弄脏了屋子。其实我早就对这件事情记忆模糊了，您却在我成年后的某一天郑重其事地向我道歉，说您因为伤害了我而一直耿耿于怀、自责不已。

真正的伤害，其实是在初中吧。早晨，我在错愕中醒来，因为您要决绝地离开我们已在长沙安顿、建设好的家。在那之前，我并不知道自己有怒斥您的勇气，甚至会使用世界上最恶毒的语言。

很多年过去之后，我为自己那时有失冷静和修养的表现感到惭愧，却并不后悔。因为很多选择已经没有办法再来一次，就像您当时选择用离开来处理偏离轨道的感情一样，在当时，我只能选择用愤怒来回应。

我其实很庆幸自己长大后成为一个懂得释然和谅解的人——这跟您本身值得被谅解的纯良本质密不可分。是的，您是一个好人，不管在看守所被羁押与在监狱里坐牢是不是有差别，我从来没有怀疑过，您是一个好人。

感谢您曾经在那些疯狂而失控的时光里，压抑着伤心和憔悴为我所做的一切。谢谢那段短暂却揪心的河南之旅；甚至谢谢北京的准军事化青少年成长训练营——它们都是我青春岁月的一部分，已经成为我茶余饭后拿来笑聊不可缺少的宝贵经历。

到最后，无论我对您有多少种多么复杂的感情，都抵不过感谢这一种。

谢谢您把我带到了这个世界，您和一个我时常与她斗嘴吵架内心却同样挚爱的女人，一起给了我生命，谢谢您是我的父亲。

谢谢您引导我的人生，让我成为一个让自己喜欢的人。

这是我第一次敞开心扉表达这些吧。我使用了一些跳跃的句子，别人也许看不懂，而您什么都明白。我不知道是否还有下一次，我只当是自作主张的一次私聊。

这当然算不上我对浮石的全部印象，他或许是一个畅销书作家，或许是一个极优秀的影视编剧——但对于我来说，他首先是一个父亲，一个很好的父亲。

胡嘉乐（浮石之女）

来时路

你看风景，别人看
你；看风景的你是风
景，看你的人也是
风景。

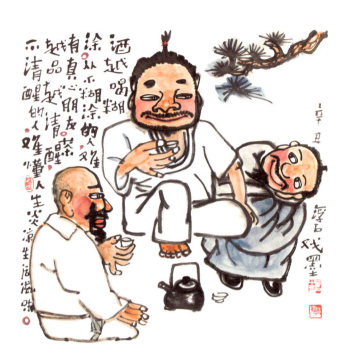

酒越喝（越）糊涂，从不糊涂的人难有真心朋友。茶越品越清醒，不清醒的人，难懂人生炎凉、生活滋味。

那些胖胖的小娃娃

我的小学是在乡下读的。因为我妈妈是大队的民办教师，加上那时读书既不要钱，又不考试，前面几年基本上是在玩和混中度过的。到了七八岁，根据我的个头和智商，被编在了三年级。

我们的班主任也是个民办教师，长得矮矮胖胖的。她的脸白白的圆圆的，就像菜园子里茁壮成长的圆而且白的小凉瓜。如果不是在扁平的鼻梁两边长着几颗若隐若现的小雀斑，又如果她能够经常让自己的脸带上微笑的话，应该是蛮可爱的，甚至是美丽的。起码，按照一个没见过什么世面的乡下小男孩的审美标准，一个比自己年长不到十岁的青春圆润的女性身体，已经具有足够的亲和力与吸引力。

但在我的印象中，她却很少笑，离我们通常以为的胖人多慈眉善目的标准起码有一巴掌的距离，而一件与我同学相关的小事，则彻底消磨了我对她仅存的好感。

我必须承认，我已经无法记得我小学时任何一个同学的大名，包括我将要说到的这位女同学。事情是由她的一篇作文引起的。她在一篇描写我们伟大祖国的美好春天的命题作文里，说到了绿肥，对，就是那种学名叫紫云英的植物。

每年早春二三月间，它们便会像地毯似的绿油油地铺满江南水乡每一块尚未被春天的雨水灌溉的旱田。我的那位长相一般、平时成绩也并不怎样突出的女同学，是这样描写它们的：它们打着哈欠醒来，因为身体太胖而懒得动，便赖在床上等太阳公公出来。它们的样子真的就像一群挤在一起的胖胖的小娃娃。

老师念出这样的句子时，我心里忍不住暗暗叫道，我怎么就没有写出这样的句子呢？但我很快就该庆幸我没把心里的话说出口了。因为我们的班主任老师，这时已经把那位女同学的作业本，重重地摔在了讲台上，张牙舞爪、唾沫横飞地用塑料普通话嚷嚷着，并且持续了不下五分钟，她说话的中心思想只有一个，就是从来没有见过像你这样愚的人，真的是蠢得要死。

直到我长大成人，直到我后来成了所谓以文成名的作家，我都一直坚持认为，那位女同学当年写的那一句话，是世界上最美丽的句子。

小时候总以为父母是无所不能的超人，长大后才发现，父母常常需要我们帮助与搀扶。

我不明白，是什么原因让我们的女老师，那样地张牙舞爪、唾沫横飞、怒火中烧。直到后来我隐约从妈妈嘴里听到她的故事——因为身体与长相的原因，她在与大队民兵营长相亲之后被那个自己喜欢的男青年拒绝了。

可是，这能成为她辱骂学生的理由吗？

也许，说她因此扼杀了一个作家或诗人有些夸张吧。我甚至不知道，老师的恶语相向，是否真的伤害到了那位女同学。对于一个调皮捣蛋的乡下男孩来说，掏鸟窝捉泥鳅的热情，是远远盖过对于一个在班上并不出众的女同学的关心的。

直到近些年，我才会偶尔想起儿时的一些事。这是我即将变老的征兆吗？

在乡下老家我已没有什么亲戚，但每年清明去为母亲与外公外婆扫墓是必须的。我曾经动过一个念头，想找人打听打听我那位小学同学和小学语文老师后来怎么样了。但我很快就打消了这样的念头——四十多年过去了，除了我，估计两位当事人早已忘了当年那些芝麻绿豆大点的事吧？

我也几乎再也没有在家乡的田野上，见到过一大片一大片的绿肥：它们打着哈欠醒来，因为身体太胖而懒得动，便赖在床上等太阳公公出来。它们的样子真的就像一群挤在一起的胖胖的小娃娃。

现在，乡下的老乡普遍都改种油菜花了。在春天的和风细雨中，即使开着车，似乎也逃不过一大片一大片金黄色的油菜花的包围……

小时候就想早点长大，真的长大后却恨不得返老还童。

两代文学青年

倒回去三四十年，我们这拨儿"六〇后"，大抵一半算得上文学青年。之所以这样说，是因为那时刚恢复高考制度不久，学理工科的除了当科学家、学文科的除了当文学家，可供我们选择的理想或梦想似乎并不多。那时也刚开始搞改革开放，未婚男女之间可以开始谈情说爱了，而爱情与文学从来就是一对孪生兄弟。不过，那时的爱情还是神圣的，谈恋爱大半年基本上是可以做到不拉手不亲嘴不上床的。那时的文艺活动不像现在这么丰富多彩，除了少数人偶尔像过节或做贼似的进舞场跳个舞什么的，群众性的文艺活动便只有看电影、写诗和读小说了。这是身体里饱满丰沛的荷尔蒙所能找到的最佳、最高尚与最安全的去处。

我大学念的是哲学，却做了整整四年的文学梦。因为那个时候，我少不更事，不仅以为哲学是没用的东西，而且哲学实在枯燥无味得很，哪里能像文学那样可以在它的旗帜下半真半假地畅想？

是的，身体里面沸腾的激情、天马行空的白日梦、没有着落的迷茫与不知天高地厚的懵懂与清高，正是文学青年的基本特质。

对于很多人来说，这种青春病是会随着年龄的增长和社会阅历的增加不治而愈的。只有极少数"病入膏肓"者，才会把那种青春的印记带到自己的血液与骨髓里去，并通过所谓的气质一不留神地在世人面前偶露峥嵘。那是一些不被世俗改造的小众，也因此常常与社会格格不入。他们一生都活在不食人间烟火的虚拟世界当中。

我很庆幸我不是这极少数"病入膏肓"者中的一员，五十多岁时我活明白了：当年我其实是一个伪文学青年。而事到如今，我不过是个每天也要吃饭打嗝拉屎放屁的俗人。我很现实。作为一个上有老下有小、处在壮年与老年之间的人，我知道整天沉湎于梦想而不去赚钱是万万不行的。作为俗人，我更愿意从事的职业是沾满铜臭气的商人——我这样说是借用了世人对商人的鄙夷。在我的价值观里，我觉得商人是生存能力最强的人，他们从事着文学青年最不愿干的事——跟同类人与金钱打交道。与人打交道是最需要综合素质的，没有相当高的智商和情商，随时都会把自己卖了还帮人数钱。而与被文学青年视为粪土的金钱打交道，不被脏了手、不被坏了良心，必经千难万险。我愿意做商人其实寄托了我对公平而美好的社会的向往——坦诚相见、公平交易、童叟无欺，通过聪明才智和勤奋赚钱。顺便说一句，我是很嫌弃那些通过与权力勾兑而一夜暴富的商人的，我认为这种人玷污了商人的名声——尽管倒回去十几二十年，我也是其中的一员。

扯远了。

我要说的是，虽然我大学时写过诗也发表过中短篇小说，但我后来成为畅销书作家完全不是我的本意，那不过是我生意做不下去之后的一种偶然，一朵在我人生最低谷时从一段腐朽的生活中开出来的美丽的花。当然，这也是我的生命之花，有着某种必然甚至某种宿命的意味。

所以，可以想象，当我女儿胡嘉乐放弃我们替她安排的职业画家的道路而选择要做文艺青年时，我是怎样地感受到了某种宿命力量的顽强存在。

她的微信昵称叫奇葩妞，我认为真是名副其实。她幼儿时期倒是一个乖乖女，自从上了小学，在我印象中她就没拿过一个双百分，学习成绩最多也就勉强算得上中不溜，长到高中还一度因为青春期叛逆让我们头疼不已。她总有很多自己的想法，经常给我们制造"麻烦"，而且能言善辩，有讲不尽的歪道理。最开始，我们对抗她制造出来的"麻烦"的唯一办法，是跟她讲人生的大道理，只差没有理直气壮地告诉她：你必须走正道，文学青年是很难养活自己的。

其实，很多麻烦都与我有关，她的青春期正是我身陷囹圄到我从看守所出来的那段口子，父亲角色的缺位与坏榜样对少年嘉乐的负面影响是蛮大的。而我呢？自己的生活一团糟却要求她按照正常人的路子走，我们还能愉快地聊下去吗？她那时沉迷于网络游戏，在那个虚拟的世界里，替自己身体里面沸腾的激情、天马行空的白日梦、没有着落的迷茫与不知天高地厚的懵懂与清高，找到了归宿，就如当年的我，甚至有过之而无不及。那是一段令我心力交瘁的日子。现在过去了，我反而感到非常庆幸：在被我拖入的苦难中，也许正是对虚拟世界中真善美的追求与执着，才使她在多事之秋坚守住了本性中的真善美而未入歧途——"网游"其实滋养了她的文学兴趣。很快，她在十八岁的年纪便出版了自己的长篇处女作《十七跋》。后来又出版了一部三十多万字的长篇小说《宫非宫》。

而真正让我改变对她坚持要做文学青年的态度的，是她那部后来在长沙火了好一阵的话剧《看什么话剧》。

青瓷壶中乾坤大，
红袖杯中日月长。

一开始，她跟我提出来想做一部话剧就像一个通知。接着，除了前期借用了一些我的人脉关系之外，就再没有向我寻求过帮助。到正式演出时，我和一个普通观众完全没有两样，看她带领着她调教的一众演员讲着她写的故事，跟着情节大笑或思考。待他们在聚光灯下谢幕时，我献上了最诚恳的掌声，此刻我不是一个父亲，我只是一个刚被一部构思奇妙、台词精彩的话剧打动与感染的观众。

其实哪止这些，我实实在在地被她震撼到了——她是编剧兼导演兼主演兼道具兼统筹兼一切需要人手的岗位替补；她早已突破了一个文学青年该有的身份与能量，制造了一个追梦人所能创造的奇迹与高度，她的成功远远超出我的想象。

《看什么话剧》的成功绝非偶然。之后，在不到两年的时间里，她又自编自导了两部戏，后面的《十八号酒馆》与《记忆缝纫店》甚至比处女作更成功。

我从来不是一个吝啬表扬的家长，我庆幸从来没有在女儿的成长中给她太多的框架和设定，让她现在可以做自己喜欢做的事，并且做得这么好，尽管在今后的一段时间里，她可能仍然赚不到多少钱。

我曾经认为哲学是没用的东西，对于被命运安排的专业烦躁得要死。可正是四年大学潜移默化的哲学思维，让我在被羁押的三百零六天里，帮我完成了人生的自我反思与救赎。现在我说文学是没用的东西，其实表露的是一种自豪感、荣誉感与骄傲感。是的，在一个以获得名利为成功标志的社会，文学艺术事业真的是一种性价比很低的行当，它只会让你过瘾，或者运气好时赚来一点点掌声和喝彩，而不是大把大把的钞票。可是，那又怎样呢？文学艺术是属于精神世界的，而我们缺乏的不正是一种向真向善向美的精神追求吗？

我之所以对自己和女儿能够从事文学艺术这个事业感到无限荣光与骄傲，是因为我们在为自己寻找灵魂的栖息地的同时，也在为他人充当着造梦师的角色，我们跟自然、社会与心灵对话，我们剥下世俗需要的粉饰与伪装而靠作品中的真诚与质朴打动人、感染人。一个人做梦并不难，很多人一起做同一个梦，就比较难。但所有的文学青年都是"奇葩妞""奇葩汉"，他们固执地以为，只要我们这个社会和我们这个社会里的每一个人，都有向真向善向美的精神追求，我们这个社会，我们这个社会里的每一个人，就会变得比以前美好一点点。

做梦小时候都想长大，到
总是梦回童年

小时候做梦都想
长大，到老了总
是梦回童年。

北湖的"罩儿神"

在全省乃至全国,我的家乡湖南汉寿都是很有名气的,因为那里盛产脚鱼。

我们今天不会大面积地讨论脚鱼,因为这种学名叫中华鳖的水产品,曾经像东北的疯狂君子兰,在给我老家的很多亲戚朋友带来过发财致富的梦想之后,又让他们一夜之间成为实实在在的"负翁",有些人伤得元气至今都还没有恢复。在他们眼里,这种早已爬上中高档餐馆,与乌龟一起组词可以把人骂成性功能障碍的东西,至少也是让人往事不堪回首的吧。

还是谈谈跟脚鱼有一点点关系的北湖吧。

我说的是汉寿洲口的北湖,大约四十年前,我在北湖边上的大路大队度过了懵懂的幼年与少年时代,与此同时,那些被基因技术改良过的脚鱼的前辈,也曾经在那一带的湖泊、池塘自由生长和出没。只可惜我和它们之间没有任何戏剧情节的交织，所以，对它们，我谈不上有没有感情。

北湖就不一样了，至少两件记忆比较深刻的事情跟它有关。

这两件事又偏偏跟我爷爷有关。

我叫爷爷的那个老头其实是我外公。我该叫爷爷的另外一个老头在四川广安，没等我一九八二年大学毕业时第一次回父亲的老家，他便永远地离开了这个世界，我跟他老人家连一次见面的机会都没有。叫爷爷的外公在大路那一带，以古板耿直和大公无私闻名，我猜想他的好名声一定传到了邻近的小港和龙王庙，所以，公社的干部才会派他去看守北湖。

北湖里有鱼和莲藕，那个时候虽然天天"斗私批修"，贼也还是有的，所以要派人看守。

爷爷最初在去洲口的必经之路的湖边搭了一个小窝棚，面积小得刚够铺一张床。所谓的床，其实就是打地铺。灶台垒在外面，等于天天野炊。他在小窝棚旁边开垦了两垄地，种着时令蔬菜，竟可以自给自足。夏天放了暑假，到北湖里去撑划子玩，或跳到清澈见底的湖里游泳，是很有诱惑力的，何况还有新鲜的莲蓬吃。

爷爷再大公无私，莲蓬还是要让我吃的。新鲜吃或煮熟了吃，各有各的味道，都是我喜欢的。但吃是吃，吃不了兜着走，却是绝对不允许的，否则，"别人看到了要不得，那我就白让公社和大队信任了"。这是我爷爷的解释，他知道，一个七八岁的孩子，就是放开了肚皮，也不会把大队和公社的莲蓬吃光。他一边维护着大队和公社的利益，一边以这种方式心疼着外孙。

我撑着划子往湖的深处去，那些翠绿而茂盛的荷叶，很快就会把船和人都掩没。没错，是掩没不是淹没，我的水性还是让爷爷大为放心的。一会儿，爷爷就看不到我了，当然，我也看不到他远在岸边的小窝棚了。但要不了多久，风就会把爷爷叫唤我小名的声音送过来，我在莲湖深处，有时候会很快地答应他，有时候，也会憋着不吭声。

我憋着不吭声的时候，是在等"罩儿神"。

北湖里有"罩儿神"，也是爷爷告诉我的。"罩儿神"专挑小孩下手，一会儿把你罩到东边，一会儿把你罩到西边，一直要罩得你分不清东南西北，等你东跑西颠得精疲力竭了，就把你吃掉。

我小时候除了会游泳，对语言的分辨能力也很强。我觉得鬼可能吃人，神是一定不会吃人的，所以，我不仅不怕"罩儿神"，还敢怀着既兴奋又期待的心情在北湖里等他。

我当然什么也没有等到。

让唐俑复活，让她说出当下人的段子：捧着你，你是杯子，一松手，你就是玻璃渣子。

让唐俑复活让她说出当下人的段子捧着你你是杯子一松手你就是玻璃渣子

庚子正月青瓷红袖忝香作者梁石于岭南

为了惩罚我的不听话，爷爷亲自把我押解回家。

那个暑假快过完的时候，我的喉咙里长出馋虫，怎么压也压不回去。

我决定再次去北湖。

对于我的不期而至，爷爷是高兴的，但脸上的表情却又有一丝怪异。他终于下了决心似的告诉我，他要带我去喝喜酒。

北湖很大，看北湖的人不止我爷爷一个。在离他的窝棚两里的地方，就有两排房子，而且是那种青瓦的板壁屋，一排在水渠的左边，一排在水渠的右边，中间由两块木板宽的小桥连接。两排房子的前面都是水泥打的禾场，用来晒莲子，晒干了就送到县城里去。那两排房子里住了十几个人，大概就是干那些活的。

今天，其中一个人就要在其中一排房子里娶媳妇儿。

快到吃饭的时候，爷爷围着我转来转去的，还笑出满脸的道道杠杠，让我觉得好生奇怪。

原来，他临时动了念头，决定就让我在另外一排人去屋空的房子里待着。

他给了我一捧干干的莲蓬，让我用秤砣锤着吃，还不知从哪里弄来了两本连环画，让我看。他千叮咛万嘱咐，让我千万不要到那边的婚礼上去，他说他只送了一份人情，去两个人不好的。他会少吃一点东西，给我打饭打菜过来，当然还会带喜糖过来。

我当时不觉得什么，看着那两本连环画就在那房间的一张床上睡着了。

我不知道是饿醒的，还是被对面的喧嚣声吵醒的。醒来的时候太阳已经下山了，最早的几颗星星已在天边躲躲闪闪。四周的蚊子出来了，一点也不客气地在我胳膊上和大腿上咬了好几个包。我突然觉得委屈，非常非常委屈。是爷爷自己说要带我去喝喜酒的，却让我像贼一样偷偷地躲起来，不让我见人，我难道会丢了他的丑？

我决定不打招呼独自回家。

就在我离开屋子不久，身后传来了爷爷的叫喊声，声音很急很急。

我不应他，我才懒得应他哩。

从北湖回家大概有五六里路，是那种米把宽的小路，几乎是没有人的，两边杂草丛生，种着比我还高的蓖麻。

天好像是一下子黑下来的，白天里听不到的声音，好像也一下子全冒了出来。有野鸭嘎嘎的叫声，有青蛙呱呱的叫声，有蛐蛐吱吱的叫声，还有一些声音就不知道是什么了，它们一会儿在前面，一会儿在后面，一会儿在很远的地方，一会儿在很近的地方。正是这叫不出来的声音让我的小心脏怦怦地跳到了嗓子眼，我不敢循着声音望去，生怕那声音会变成一条一条泛着灰白光的小路，把我带到不知道哪里的地方。我埋着头朝前走着，这个时候如果前面突然蹿出一只野猫、老鼠或者黄鼠狼，一定会吓破我的胆。不知道为什么，我觉得"罩儿神"已经盯上我了，正拨开满湖的荷叶和蒿草，朝我而来，紧紧地跟在我身后。它之所以还没有动手把我抓走，可能仅仅在等待我的腿什么时候发软，再也迈不动。

我终于看到了我们家的灯光，还离一百多米，我就开始扯开喉咙叫奶奶。

门立即就开了，我开始像一支箭一样地朝灯光中的奶奶飞奔而去，一下子跑得满身是汗。

你猜对了，我叫奶奶的那个女人，其实是我外婆。

我在奶奶对爷爷的咒骂声中睡去。

不知道过了多久，又被叫门的声音吵醒了。奶奶等爷爷在外面叫了好久的门，才起床去开门，而我知道是爷爷以后便故意装睡不理他。我感觉他来到了我床边，把喜糖扔在我枕头边，嘻嘻一笑，骂道："这小狗 × 的，我还以为真的被罩儿神抓走了哩……"

谁说我家的房子是空的
里面装的尽是宝贵的思想

2021年4月潘晖

谁说我家的房子是空的，
里面装的尽是宝贵的思想。

阁楼的记忆

　　我人生的第一个十年是在常德汉寿的乡下度过的。我们家的房子，是那种四五十年前在洞庭湖区很常见的板壁屋。板壁已旧，早已没有了木头的香味。门也是木头做的，原木的白净已被稻草灰的那种灰色彻底覆盖，那是岁月赐予它的包浆。门框则是每年都要出一次彩的：过年之前，父亲从县城回家，照例会把自己写的新春联贴上。我想，这大概就是我们家的门庭总比别人家的显得自信美丽的原因吧。按照我现在的审美观与价值观，除了过年被红色春联打扮，门最好的调性不是炫目张扬故作结实豪华，而应该是沉稳厚重平和亲切，还应该与一边的门框上悬挂的艾草、四周的板壁与台阶上的麻石和屋顶上的青瓦浑然一体。老屋的窗户自然也是木头做的，窗格简单，横条竖条契合良好，没有玻璃可镶，里外糊着尽可能薄而白的纸。每天早晨，都是自家与邻里的鸡犬之声把人叫醒，大人则凭着从窗户透过来的光线的强弱而决定自己起床的时间。那时候的大人不像现在的大人那么脾气差、嗓门大，晚上不会因为你做不来作业而歇斯底里，早上不会因为你赖着不起床，而对你连吼带拽恨不得和你上演全武行。我一直觉得，我之所以有个快乐的童年，完全是因为我睡饱了、玩饱了的缘故。

关于老屋，我记忆最深刻的其实是阁楼。对于孩子来说，每家每户的阁楼都是禁地，因为大人担心你爬梯子会摔跤，在阁楼上会遇见老鼠说不定会被它吓到或咬到。跟别家的阁楼仅用于堆放舍不得丢弃的废物不同，我们家的阁楼是很有文艺范儿的，除了堆着一些用坏了而来不及修的老物件，居然还有图书和画报。这便对我有了吸引力。这也得拜我父亲所赐。他参加过湘西剿匪与抗美援朝，因为读过小学而在众多农家子弟的战友中显得很有文化。他每次从县人民医院回来，都要带回来一些书报杂志，尤其是大开本的画报。但我的童年处在一个动荡的时代，那些有资格上画报的大人物是会经常被打倒的，那些有资格上画报的或英俊潇洒或美丽性感的电影演员演出的片子是有可能被划为毒草的。如果出现这个情况，再继续保留那期画报便不太合适，可是又舍不得扔掉，老屋的阁楼便成了它最好的归宿。我现在还记得，我从那些画报上见过鉴湖女侠秋瑾，见过当时叫《自有后来人》后来叫《红灯记》的剧照，见过赵丹和王丹凤，还有《一江春水向东流》和《李双双》，还有中国帮助他们修了铁路的某个非洲国家的黑人男女，他们的牙齿可真是白呀。对于一个乡下顽劣的小崽子来说，画报里的世界因为是偷窥而特别令我兴奋，真是开了眼界。

那些画报后来还是丢失了。包括放在房间柜子上的一对老瓷罐。一个画着武松骑虎挥拳的图案，一个画着林黛玉扛着一把小锄头在桃花下娇羞而立的样子。我对它们印象深刻是因为它们是用来放白砂糖的，而当我嘴巴馋了，就会乘大人不在偷偷溜进房间，轻盈而快速地揭开盖子，伸手进瓷罐抓一小撮白砂糖快速地塞进嘴里。那种快感真不知道是因为满嘴的甜，还是因为偷东西没有被抓住的侥幸与兴奋。

毫无意外，那两只瓷罐后来也不见了。我不知道，是不是因为这两件东西极易被贴上"封资修"的标签而被家人藏着掖着结果弄丢了，还是在后来的数次搬家中送人了，抑或是打碎了。只是偶尔想起觉得实在可惜，心想若是留到现在，要么堪称传家之物，要么卖了钱，说不定能买一辆车子一套房子。

数十年后的今天，我安在长沙的家里也有了一间小阁楼，并且没有对我的孩子们将此封为禁地，可他们却是极少上来打扰我和我那堆得满天满地的书报、旧物。也许，在他们的眼里，这些七七八八的东西，都还不值得他们浪费一集动画片或者打一场小架的时间来关注。作为阁楼的主人，我承认，这里堆陈的东西并不是每一件都值得留存与珍藏，甚至是很有必要做一场当下盛行的断舍离的清理。可是，我没有这样去做，我暗自希望，将来有一天，我的孩子们会在这个阁楼里找寻回一些记忆，即使这些记忆与他们无关，至少，与他们的父亲有关，也许，这就够了。

明明眼里满是春天，
心里却只有你。

献给庚子年春天的诗：
该来的总会来，比如春天；
该去的终会去，比如新冠。
能够隔离的是行走的肉体，
关不住的是自由的思想，
还有对你无尽的思念。
只要爱在，无须面朝大海，
即使被禁锢在钢筋水泥之间，
一样春暖花开、锦绣江南。

麓山会

我曾经在《青瓷》中谈到过周易和风水。老实交代，我在上个世纪念大学哲学系的时候，老师除了在讲中国哲学史时介绍过周易，并没有教我们怎样打爻看风水。我的那些皮毛知识是在"里面"学的，像所有身陷囹圄者一样，那时的我，一方面强烈地感受到命运控制在苍天、神灵和别人手上，另一方面却心有不甘，总是希望能够窥见命运之神至尊的容颜，或者哪怕是她行走时裙袂的飘动，以及由远及近时或清澈空灵或混沌无序的足音……

除了像我一样有着大起大落的经历的人，还有哪些人会热衷于周易和风水呢？

当一个人还在为温饱问题犯愁的时候，当一个人还在为一套商品房而节衣缩食、殚精竭虑的时候，他对命运之神的态度，类似于对非富即贵的远房亲戚的态度，一方面有丝丝缕缕的勾联，一方面又觉得地位悬殊、遥不可及，又想走动，又感惶恐，难有勇气和能力寻求与她的亲近。但即便如此，他仍有隐秘的念想，总是寄希望于帮他改变命运的神仙能够不期而至，助他一夜暴富、一夜成名、一步登天……

还有另外一种层次的人，即大富者和大贵者。

我对他们的基本认识有两点：第一，他们无疑是人中龙凤、社会精英，他们无一不是通过先天禀赋、自我奋斗、亲朋推抬、长者提携、祖上荫庇，而成就现在的权势、财富、影响力和似真似幻的光环；第二，他们应该更信奉周易和风水。

第一点没什么可说的。

关于第二点，是真的吗？

是真的。你想呀，他们已经通过人生的阶梯，爬到了事业的高坡。向上，还有"无限风光在险峰"刺激他们去攀登，他们渴望成为区域之王或行业霸主；向下……天哪，谁愿意一失足从高处坠下，繁花似锦、香车宝马、前呼后拥顿成空？

可是，天道人心、同志同路的竞争与倾轧、内心的贪婪与恐惧，会把他们带向何方？更有那些为富不仁、为官不正者，他们将是多么急切地希望能有一种魔法，帮他祛除心中的魔障？他们又何尝不会强烈地感受到，命运，其实一样控制在苍天、神灵和别人手上？

所以，周易和风水，是每个中国人的 DNA（基因）。

我们总是习惯将生活的困顿与窘迫，归因于命运的捉弄，而当我们春风得意、自以为能够呼风唤雨的时候，则总是习惯性地归功于自己。可是，最自恋自大的人，可能也是最自暴自弃的人，在夜深人静或高处不胜寒的时候，恐怕也会很自然地暗中乞求神灵的永远保佑。

那些心情浮躁、为功利所累的人，都需要一方净土，都需要去"那个地方"。

因为"那个地方"可以成为肉体和灵魂的双休日，它将帮你摒弃声色犬马的喧嚣与骚动，让你的肉体和灵魂，经过幽兰蕙风与沧浪之水的洗涤，变得真实、舒展而纯粹，因为只有这样，才能充分感受天地的博大精深、宽厚仁慈，还有命运和神灵的亲切眷顾……

"那个地方"在哪里？

在岳麓山上。长沙人谁不知道岳麓山？这里荟萃了湖湘文化的精华，名胜古迹众多，集儒释道为一体，革命圣迹遍布；这里植物资源丰富，晋、唐、宋、元、明、清千年古树苍劲挺拔、高耸入云、蓊郁青葱；这里山涧泉流终年不涸，颇有清幽之感。每到秋冬之交，红枫丛林尽染，红橘满挂枝头，岳麓山更加艳丽。

可是，且慢，我敢打赌，即使你爬过了十次二十次岳麓山，你也未必知道"那个地方"。

大概大半年前，我第一次被朋友带到"那个地方"。车停爱晚亭停车坪，顺红枫馆右侧山根前行，再右拐爬坡而上，呼吸因两条腿的运动而略为急促。也就十来分钟，沿山路一拐，它豁然出现。

在那一刹那，我像被一颗温柔的子弹击中了似的，怔住了。整整五分钟，我屏声静气，不敢言语。

我知道那是一次邂逅，我知道我将与它结缘。

我要了解它。

这里是岳麓山抱黄洞下的苍莨谷。苍莨谷是岳麓山最大的峡谷，原名道乡村（今呼稻香村），此前为兰圃——"麓山春兰"久负盛名，花呈单株，淡绿色，素雅而幽香（现仍保留）。附近有道乡祠遗址，或唤抱黄洞。

这里双峰夹峙，左边呈慢坡谷地，东南向，可背避北风，此间稀疏乔木形成漫射阳光，水承苍莨谷（抱黄洞）之源，涧溪清流终年不涸，甘洌绝伦。一年四季，来此取水的周围百姓络绎不绝，成为一道另类的风景。

还不止这些。抱黄洞溪谷出山口，就是古时所称的禹迹溪。大禹是我国传说时代与尧、舜齐名的圣贤帝王，岳麓山上的禹王碑，传说就是为纪念大禹治水而立。相传，大禹来南方治水，以岳麓山为营地，其独木舟山上山下来往，遂成溪涧。禹王带领长沙先民，斩恶龙、斗洪水，终于将洪水治好。

又相传，抱黄洞和禹迹溪在宋代达到名声的顶峰，宋代皇帝曾经到此，并亲笔书写诗联。这里与爱晚亭相距咫尺，当年，我们的领袖毛泽东，就曾在这里留下足迹……

这里更是神仙最爱的地方，一样流传着许多美丽的传说。如明末岳麓书院山长吴道行，以及经由清康熙、同治编撰的三种《岳麓志》中，均众口一词称颂苍筤谷为岳麓山最美的山谷。据《岳麓志》记载，岳麓山禹王碑北面邃谷中有苍筤谷，谷中"香风紫雾，曲涧清泉，泠泠相袭，动人世外之思"。《岳麓志》还列举了抱黄洞先后居住过的多位神仙。第一位当属宋大中祥符年间（1008—1016）的张抱黄，他在此修炼成仙，乘黄鹤飞天而去。抱黄洞即因他而得名。《岳麓志》上另外有说，有位叫邓郁的人也在抱黄洞修炼成仙。此后，北宋时期的跛仙也曾隐于抱黄洞。一说此仙就是铁拐李——北宋年间，南岳圣寿观有跛仙无姓氏，遇吕洞宾于君山，后隐抱黄洞，行灵龟吐之法，自号潇湘子……

立春，画了一头牛。

这里还是洞天福地，最容易让人沾染福分瑞气。道教称神仙居住的名山胜境为洞天福地，唐代杜光庭《洞天福地岳麓名山》中赫然把长沙洞真墟列为七十二福地之一。洞真墟，有人认为是云麓峰顶云麓山宫，也有人说指的就是抱黄洞和苍茛谷。

在这里，在华盖如云的树荫下，听着潺潺流水的声音，最容易写意你的人生，或执着如清泉奔与涌，或空灵如禅茶悟与释。

在这里，一切都是宁静的、内敛的，大巧若拙，虽藏龙卧虎而不闻虎啸龙吟。

在这里，可聆听麓山寺暮鼓晨钟，可嗅闻岳麓书院千年书香，可敬仰橘子洲头伟人英姿。

在这里，烟雨缭绕之时，更似有神仙出没，可与灵魂私房密语、融会贯通。

在这里，既像母亲舒展的臂弯，也像根基扎实稳健的宝座，带给人一种安详与熨帖的呵护，让人获得无限的精神激励与生命能量。

最近一两个月，我几乎每隔一两天就要去岳麓山禹王碑，构建我的商业计划，生发我的人生遐想。我给它取名麓山会、山水洲城、风云际会。往大里说，我愿意祈求国泰民安、风调雨顺、歌舞升平；往小里说，我希望在这儿找到文化创意产业落地生根的土壤和某种具体的业态，一边上流着或伪上流着，一边把钱挣了。

我不知道是它选择了我，还是我屈从了它。

好像是一种使命，为了它，也许，我将毫不犹豫、毫不纠结地重出江湖。

是的，我说的是也许……

麓山会的项目中应该有周易和风水，在这个被动了手脚、充满了各种力量博弈的社会与人生之间，我们怎么能不学点社会与人生的竞争知识和变通之道？

麓山会的项目中应该有"伊公羹"，美味羹肴的烹调，是在对五味、原料的调和中，通过时机与火候的处理而完成的。我们为食客奉献的已经不是普通的餐饮，而是在阐发商周时代伊尹治国平天下之策略；还应该有"陆氏茶"，一部陆羽的《茶经》，不是普通的茶艺宝典，我们为品茗者奉献的也应该是物外高意。

麓山会的项目更应该有湖湘文化的承载与传递，我们找到了一个绝妙的元素——近现代书法大家的诗词楹联：何绍基、曾熙、沈曾植、曾国藩、左宗棠、胡林翼、谭延闿、赵恒惕、齐白石、周介陶乃至毛泽东，他们或为书史人物，或为开国领袖、封疆大臣、军政大员，或为岳麓书院和城南书院的山长、主讲、监督等清流人物，他们的诗词楹联，既是精湛的书法艺术，也无不体现着湖湘大地孕育的儿女的胸襟、情怀与精神风貌。

总之，麓山会应该有文化、艺术、时尚、娱乐和各色活动，我们不提供纸醉金迷的生活，只想与参与者一起提升品位与修养。

当然，那儿的美女如云，但摒弃暧昧的诱惑，自然随性，赏心悦目。她们就像那些灵性的植物，或美艳如桃花红枫，或内敛如幽兰青藤。

可是，夜深人静之际，一切似乎都变得不那么确定……

我真的要借此重出江湖吗？

也许，我该沐浴焚香，叩拜神灵，打上一卦？

"神的人" 他人的缺陷而至罪过。真正完美如神的人总在理解宽忍宽恕

正脒丑

只有不完美的人才会要求他人完美无瑕

完美无瑕

只有不完美的人才会要求他人完美无瑕，真正完美如神的人，总在理解、容忍、宽恕他人的缺陷，乃至罪过。

自己的崽别人带

　　国庆节在外七天，毛毛[①]最牵挂的就是崽崽，表现之一就是动不动就逼我表态：你想不想它？说实在话，我是不怎么想的，但如果从实招来，免不了要被斥为无情无义，于是只好违心地点头。

　　说完全不想也不是真话，它那明亮的眸子，极其迷人的天使般的微笑以及像极地白雪的长毛，实在是人见人爱。它趴在你脚下，一边忠实地望着你，一边逗你似的用爪子撩拨你的裤管，那样子，跟你已经成为了一种互动。在它，至少是很用心的，而当对方用心的时候，你又怎么可能无动于衷？你难道要耍酷给狗看？

　　是的，崽崽是一条狗，一条萨摩耶雪橇犬。

---

① 浮石的女儿。

按照毛毛的本意，这次出去是一定要带上崽崽的，但出行的艰难终于让她打消了念头。无奈之下，只好托付给过去曾在家里做保姆的阿姨，早晚喂两顿，还有就是帮忙清理一下笼子里的便便。

对于毛毛来说，最后一项请求近似于奢望。

宠物的主人可以把它的排泄物叫做"便便"，对于别人来说，不过就是狗屎，这个道理毛毛是懂的。

七天，算来也有一百六十八个小时，不会有人逗它玩，不会有人带它去散步、在草地上撒欢，也不会有人早晨一起来就跟它说话，把它放到阳台上让它用它的狗眼看外面的世界。它会郁闷吗？它会抓狂吗？它会用它的吠叫谱写孤独与愤怒的诗篇吗？

当然不会。

狗就是狗。你称它为崽，它并不是真的就成了你的儿子。毫无疑问，它妈是一条狗，它爹是另外一条狗。而狗的适应能力是很强的。你把它当宠物的时候，那种金贵也只是在你心里，你暂时离开它的时候，对它来说，可能受到的影响，不过是吃喝拉撒习惯的稍微改变。当然，这是我的推测，它真正的感受我是不知道的，原因很简单，我不是一条狗。

只要心里有春天，哪里都是桃花源。

毛毛的想法可能跟我不一样，所以才会经常念叨着它。

当我们外出归来，开门进屋的时候，崽崽欢快地叫喊，以及对她的蹭蹭擦擦，轻而易举地感动了她，行李一丢，竟抱着它亲热起来，给予它的安慰好像面对离别多年的儿子，狗和人的眼里竟都有了雾状的东西。而我，闻到的只是刺鼻的气味，看到的只是没娘的孩子才有的那种邋遢。

我不知道我算不算一个没有良心的人。

夏天的院子里有棵大树

租下这个院子是去年秋天的事，拖到今年春天才开始动工修缮增建，等到正式搬进来的时候，院子里已然是春暮夏初的景象。说是春暮夏初，不过是对照着日历来说的，其实院子里林林总总的植物多是四季长青的，冬天里出太阳的日子，也有一番不胜春色的明媚。

当初因为要搭建玻璃房做画室的缘故，不得已把原地的一排竹子移开了，几场春雨过后，残留在土里的根须不断冒出细细的笋尖来。那段日子，与其说是每天早上来工地看进度，倒不如说是来看这些笋尖的长势更贴切。

暑气越来越盛，院子里的知了也越唱越欢快，春天里的那十几根笋尖已经长成很有些气候的竹子，和盛开的紫薇花一起，在温热的夏风里组成了画室的落地玻璃前最摇曳的风景。

与竹子和紫薇花相对而立的芭蕉树下放着一张老旧的竹

所有的司机都讨厌两种人，一种是别人加塞的，一种是不让自己加塞的。

铺子，太阳垂落之时，点一盘蚊香在侧，躺在竹铺子上摇着同样老旧的蒲扇，就摇出许多与夏天有关的旧忆，在薄暮的院落里闪闪发光。

我是在乡下长大的伢子，玩过二十世纪六七十年代农村孩子玩过的各种游戏，而我最喜欢的还是放牛。生产队的水牛早晨出栏两件事，一是撒尿，一是到水塘里喝水。晚上也是两件事，一是撒尿，一是到水塘里喝水。牛一泡尿要撒很久，而且那气味实在不好闻，因为很不好闻，所以牵牛去撒尿不是我愿意干的事。骑着牛让它去喝水的事我总是抢着干，因为到牛去喝水的水塘需要下一个陡坡，骑在牛背上的我，为了防止滑到水塘里，必须紧紧地趴在牛背上，用两条腿用力地夹住牛的肚子，甚至还要用一只手使劲地拽着牛的尾巴，在随时可能跌落到水塘里的形势下，防止真的跌落到水塘里，真是太好玩儿了。

即使在"文革"期间，农村里的父母也还是希望子女能多读书的，他们教化孩子的方式永远只有一个，就是不好好读书将来只能放一辈子牛。这种话我父母倒是从没有对我说过，大概觉得我迟早会回到城里去，不可能一辈子跟牛打交道。

现在我常画牛，总是把牛画得很牛，因为时代不同了，现在有出息的人，才能叫牛人。

其实，长沙的夏天是不适合干活的，《水浒传》里曾道，"赤日炎炎似火烧，野田禾稻半枯焦。农夫心内如汤煮，公子王孙把扇摇"。我觉得这应该就是描写的长沙的夏天。我之所以画了一张"太阳不错，就想干活"的画，实是因为当时是冬天，天太冷，于是希望出门干活儿的时候，能有阳光普照。换作这样骄阳似火的天，我是断不会说此大话的。

长沙的夏天总是来得猝不及防，却去得欲走还留。当"背靠大树好乘凉"这句话早已演变成中国式关系的某种隐喻时，在这漫长的夏日里，我们不妨仅仅只是从字面的意思去遐想一下，寻一棵大树，好乘凉，就像我现在这样。

争者未必胜，谦让者
肯定不会输。

要么征服它，
要么被它吃掉。

如果有来生，我希望成为妈妈的妈妈

　　每年的清明节，都是我们这些活着的人缅怀死去的亲人的日子。在这个特殊的日子里，我们能够从尘世的喧嚣中抽身一两天，想想跟功名利禄没有关系、跟死去的亲人有关系的一些事情。

　　当然，我不敢保证，别人或我自己是不是心存私心杂念，在祭拜先人时，除了希望他们在另外一个世界过得衣食无忧、快乐似神仙之外，更重要的还是希望先人们能够发挥神力，以保佑自己富贵平安万事如意？我想，即便如此，也是可以理解的吧。

　　除此之外，我常常在毫无心理准备的情况之下想起我的母亲。她是二〇一一年一月三日晚七点二十分永远地离开我、离开这个世界的。那一年，她七十二岁。

　　母亲的一生是极其平凡的，虽不能说历经沧桑与磨难，也远非诸事遂心、幸福安康。可在我眼里，她却是一个伟大的母亲。

从我记事开始，妈妈从来没有打过我，也从来没有骂过我。这并不是因为我从小懂事、老实本分、一点也不调皮捣蛋。不是的。只是因为妈妈有一颗爱我的心，她总是与人为善，心慈手软，勇于奉献，她相信善良的力量足以驱赶一个孩子内心所有的顽劣。

现在，我自己已经过了知天命的年龄。我已经有足够的勇气承认，不管是在少不更事的年龄，还是长大成人、独立自主之后，我都做过一些不好的事、一些令亲人伤心的事、一些让朋友遗憾的事，甚至一些称得上坏事和违法乱纪的事。

我做这些事的时候，可能是因为利欲熏心，可能是心存侥幸，也可能是因为自己找了一个歪理谬论作为心理支撑——不想做坏事的男人不是好男人。

总之，如果有丝毫的敬畏，也仅仅是潜意识中害怕让妈妈知道而已。因为在她眼里，她的儿子是世界上最优秀最特别的儿子。如果她知道自己的儿子内心里的魔鬼，还时常伺机而动、偶尔露峥嵘，是会伤心欲绝的。

如果时光倒流，我多么希望妈妈能够活过来，能够有力量打我骂我，能够继续絮絮叨叨地告诉我，不伤天害理、不做亏心之事，比得到金银财宝，比得到不管多大的好处都要好，要好一百倍、一千一万倍。

我知道，这已经不可能了。

妈妈年轻的时候，与父亲分离两地，带着我和妹妹在常德汉寿的乡下生活，我们家的生活条件并不是很好，但我和妹妹从来不知道饥饿和寒冷的滋味——所有这一切，都离不开妈妈的辛勤操劳。她就是这样一个宁愿自己少吃少穿，也决不让自己的孩子忍饥挨饿的人。

等我大学毕业参加工作以后，为了我的婚事，为了哺育我的孩子，妈妈也总是省吃俭用，经常无私地资助我们。

后来，当我渐渐有能力回报她的时候，我是怎么做的？我是给她寄过一些钱，但我人在湘潭，最远的时候，在海口，我从来没有好好地陪她聊过天，拉过家常，更不用说嘘寒问暖。

后来我回长沙开公司，跟妈妈见面的机会倒是多了。我最不能原谅自己的是对妈妈的态度。她对我表示关爱，我会嫌她啰唆；我给她钱她不要、不肯花，我会嫌她不听话；她跟我讲为人处世的道理，更是会被我斥责为陈腐老套，或者向她摆出一副国王式的冷面孔。每当这个时候，妈妈一点也不生气，反而笑眯眯地望着我笑，好像我真的是一个至高无上的国王。

　　我意识到自己的恶劣态度，我也想改，也想尽孝心，但我不知道该怎么做。

　　那些年，我在外面很忙，总是很忙。为了生意心甘情愿地替别人当"三陪先生"，对自己的妈妈却毫无耐心。我知道妈妈能够理解我，我以为我今后有的是时间尽我的孝心，我以为我妈妈真的能够长命百岁。但是，现在我知道，我错了，妈妈已经享受不到我在内心里承诺的孝敬了。

　　妈妈的爱不仅奉献给了自己的家庭与子孙，还给予了很多普通的人。

　　她曾经在汉寿县人民医院做过收费员，曾经几次、十几次地为一些完全不认识的乡下农民垫付过医药费。有些钱收回来了，有些钱永远收不回来了。以至有一段时间，那些收不回来的亏空，成为我们家巨大的经济负担，以致她不得不主动调换一个更加辛苦劳累的工作。

　　我的妈妈，不能忍受别人痛苦，哪怕自己没有能力，也要想方设法去帮助那些她根本就不认识的人。

　　去世之前十多年，妈妈得了脑溢血，昏迷了三天，因抢救及时才从死神手里捡回一条命。但是，愈后情况不是很好，语言表达能力下降，身体偏瘫。恰在这时，本来应该尽与他人为敌可能会让你越来越不安和痛苦，与自己为敌可能会让你越来越自信与优秀。当一个人越来越优秀的时候，他便有了超越别人的实力与化敌为友的魅力，人们对他将只有羡慕、敬仰与爱。

与他人为敌可能会让你越来越不安和痛苦与自己为敌可能会让你一个越来越优秀的时候他便有了超越别人的实力与化敌为友的魅力人们对他将只有羡慕敬仰与爱·董理书

孝道的我，却因为涉嫌行贿进了看守所。为了免得她为我担心，家里人只好欺骗她，说我出国了，不知道多久才回来。

我不知道她老人家是否相信了那个谎言。可是，每当我想起这件事，我就觉得这是我一生中最大的不孝，真是大逆不道。现在我已经明白了，人生在世，真的可以不需要那么多钱。我们以为有了钱就会让自己和家人从此过上幸福的生活，其实，也许结果正相反。

冷眼一看，周围遍地都是为了做生意为了赚钱而疏于子女教育、疏于孝敬父母的例子。当我明白要让自己的妈妈幸福，只要经常在她面前出现，让她知道你平安、健康、快乐，就足够了的时候，我的妈妈，已经不在了。

我不知道有没有来生。我希望有。如果有来生，我希望还做我妈妈的儿子，我的存在就是为了弥补我今生的遗憾，让她真的为自己有一个快乐健康、诚实善良的儿子而骄傲与欣慰。一个母亲，她生我时受了那么多苦痛，她养育我时，费了那么多心机，受了那么多磨难，她是应该得到一种真实而长久的享受和幸福的。

如果真的有来生，我更希望成为妈妈的妈妈，那样，我就会像爱我的女儿和儿子似的，爱我的妈妈。

父辈的精神

父亲今年八十八岁。最近两年已做过两次手术，一是微创脑梗手术，一是准备做疝气手术，在手术前做透视，发现大肠内有一根牙签，结果改做了大肠切除手术。他现在仍然健康地活着，不仅思维清晰而且说话中气很足，且自行物色、自作主张地换了一个更年轻一点的保姆。保姆面善，跟我说："你爸爸对我说，他现在各方面的感觉都很好。"让我大为放心。说到单位上仍然健在的老人的年龄，他对自己排名第二颇为满意。

父亲参加过抗美援朝和湘西剿匪，比母亲大近十岁，在母亲十年前离世之后，基本上没怎么麻烦我们兄妹。本来接他在长沙住，他嫌长沙朋友不多，非要回到汉寿的单位里去住。朋友不多是假的，他在小区里认识的人比我多多了，从保安到保姆，以及小区里有头有脸的人，估计认识有一半。他要回县里住跟他自己怕死有关，因为他是从县人民医院退休的，房子就在医院里，单位上还有他的同事和徒弟，有个什么状况，可以以最短的时间见到医生。后来两次患病的情况证明，他的这个决定真是英明。父亲一直生活基本自理地快乐活着，到现在仍然经常在家里组局打"跑胡的"，与保姆更是相处融洽。

他是一个平凡的人，我年轻的时候，曾经暗中嫌弃他，觉得他混得很不怎么样，一是争取了几十年，连党都没有入，一是工作了几十年，也没捞个一官半职。更是暗中怨恨于他，因为他曾犯过很多男人都犯过的那种错，给我最亲爱的母亲带来过最痛彻肺腑与心灵的痛苦。但也仅止于此：他毕竟是把我带到这个世界的另外一个人，没有他，我也不可能长大成人。有时想来，父子之间的感情虽然复杂，儿子对爸还是得心存感激：母亲给我植入了基因中的善良，他则给我植入了基因中的坚韧与乐观。而且在母亲患脑溢血至离世的十来年，他的表现大体也还不错，尽了最大的努力给予悉心照料。两人的感情，虽然经历了风风雨雨，母亲对他又爱又恨，但离世之时倒也平静，我猜想母亲最后应该是没有后悔嫁给父亲的。

总而言之，父亲虽然平凡，却是内心强大的人。虽无叱咤风云的波澜壮阔，该经历的也都经历过了，算是好人一生不要对走在路上的人指手划（画）脚，因为你未必知道他前进的方向与速度。

吹不吹在我，
听不听随你。

平安。

在我看来，他能做到这一点，全凭他有一颗坚强的内心。他是怎么做到的？

第一，他历经过磨难而始终有信念。

二十世纪三十年代父亲生于四川广安，十几岁时因为生活困难，瞒着家里偷跑出来参了军，他是读过几天书的，一直是连里的卫生员。他要求进步，跟领导挨得也近，为什么多年争取仍没有入党？据我所知，在我一九七九年上大学时，他还在写申请。算下来，这个信仰至少长达三十多年，虽然至今没入组织，但这种精神信仰却使他的生命有了质量，他的精神追求因为始终没有实现，而磨炼出了他的坚韧。从这个角度来说，他还得感谢组织上从另外一个角度对他的成全。人的烦恼，一半来自于求之不得，一半来自于弃之不能。除了入党，父亲定有另外很多求之不得的事，他却很少烦恼。要么，他在家人面前掩饰得很好，要么，是他具有强大的心理调节能力。

第二，他在困厄中始终有一种不妥协不认输的毅力，始终抱有对自己的希望。

生活不如意十有八九。我们家是半边户，母亲在乡下当民办老师，拿的是工分，母亲、妹妹和我，全是农村户口，加上因抚养我们而不能出工的外婆，一家五口，全靠父亲的工资维系，想来应该是相当拮据的。我的爷爷奶奶远在四川，父亲从偷跑出来当兵到后来转业到湖南汉寿工作，几十年没回过老家，内心一定是愧疚而牵挂的，逢年过节可能还得多少接济些，其经济压力可想而知。但在我的印象中，父亲会吹口琴会拉二胡会唱歌，更会讲笑话，就是很少愁眉苦脸，甚至给了我们一种有生活优越感的假象。当然，也许不是假象，其实是我们的参照物是周围更为贫困的农民吧。

今年是灾年，全球疫情还会怎样发展？不知道。经济危机会是怎样的体量与杀伤力？不知道。接踵而来的，西方世界将会怎样对中国？不知道。我们唯一能够感受到的是，岁月静好的日子已经过去，我们面对的生活，没有最艰难，只有更艰难。唯其如此，心理抗压能力，内在的坚韧，乃至屡败屡战的精神，可能将是我们的第一道防线与终极竞争力。

父亲的精神，值得我们学习。

花开了，水开了，你在哪里？

讲真话容易得罪别人，讲假话容易伤害自己，明白这个道理的人学会了沉默。

我的童年

童年离开我已经四五十年了。按照人们普遍的说法，用越来越多的时间回忆过去，是开始变老的标志。但我不这么想。正相反，我认为，回忆童年，能让我从精神上获得重新拥有逝去岁月的富足感，好像生命可以清零，重新开始。而我，还是那么年轻，还是那么充满蓬勃的朝气与生活的激情。

就在刚才，马上要"小升初"的大儿子让我给他辅导作文，命题居然是《与童年告别》。他说他不会写。我说你关于童年最深刻的记忆有哪些？他想了想，说是跟人打架和摔跟头。我愣了一下，真的觉得面前的儿子就是穿越时空，回到了童年的自己。是啊，哪个男孩子不曾打过架、摔过跤呢？我说好，很好，非常好。你就写你印象中最深刻的打架的事或者摔跟头的事。写当时是怎么打架或摔跟头的，写当时与事后都是怎么想的，写得越真实越好，我相信那一定会是一篇很棒的文章。儿子马上领悟，说知道怎么写了。离开儿子的房间后，我回到了自己的书房，开始写下我自己的童年。

我的童年故事，可以从我被人取绰号开始讲起。

我有两个绰号，一个叫"糠鸡的"，是一个名叫德山的小伙伴给我起的。一年以后我才知道，他为什么要给我取这么一个绰号，以及给我取这个绰号之前他自己都经历了怎样的心理煎熬。

"糠鸡的"绝对不是用来表扬人的。老家汉寿的方言内涵丰富，生动形象，这个绰号毫无疑问满含着贬损与羞辱。先说糠字，糠为谷之壳，打过的米要筛糠，基本动作是不停地摇晃手里端着的簸箕。糠又为鸡之食料，鸡见到了糠，一定会支棱起翅膀"咕咕"叫着冲过去，一副饿死鬼的馋样。说一个人是"糠鸡的"，大意是说这个人很不稳重，一点点事就舞起花来，显摆得很，真是不怕丑态百出。

我出生于一九六二年九月，出生的时候，三年困难时期已经过去。我是在洞庭湖边上的农村长大的。若以大队为界，可以说我们家的条件还算优越，因为有在县城工作的爸爸供养而衣食无忧，又因为有母亲的爱与能干的外婆的照顾而有最大的安全感，总之我的童年是自由自在的。那时的我真的很快乐也很活泼，会上树掏鸟窝也会唱很多革命样板戏，比如可以一个人唱胡传魁、刁德一和阿庆嫂等等。我从来不会一步一步地好好走路，总是一步三跳的，好像生怕脚沾地的时间太长了会伤着脚，而且从来也没觉得这有什么不好。相反，我因为穿戴得相对整齐和爱唱爱笑而常被人夸奖。也正因为如此，德山用"糠鸡的"来形容我，我是绝对不能接受的，这让我觉得极其不爽。只要他一这样叫我，我就恨不得扑过去撕烂他的嘴巴，或者一脚把他踢死。但我也只是这样想一想而已，不会真的去撕他，去踢他。因为德山比我大一岁多，个子也比他高。真要动手，我占不到半点便宜。

我很奇怪，我当时居然没有也给他起一个能够叫得响并且能够侮辱到他的绰号，作为还击或回敬。这足以证明两点：一是那时候我的语言能力可能并不怎么样，不然没有道理找不到另外一种可以与他的形象挂钩的丑陋动物；二是当一个孩子受到心理伤害的时候，他所能找到的保护自己的方法，其实并不多。

我的另一个绰号叫"刚佬的"，确切地说，那不叫绰号，更像是昵称，对这个带有我名字的昵称，我倒是欣然接受，没有丝毫排斥感。

可上可下，可左可右，
不求人，大自在。

我已经记不清了，德山的妈妈到底是大队的妇女主任还是赤脚医生，或者两者兼而有之？只记得她跟我妈妈是初小同学，也是很好的姐妹，而我妈妈当时是大队的民办教师。在那个年代，她俩都算是我们大队的高级知识分子。两个好姐妹的儿子，照理应该玩得来，成为好哥们儿。可不知道为什么德山非要起一个那样的绰号来与我较劲。

这个绰号其实一直只有他一个人叫，我其他的玩伴从来不会跟着起哄。尽管如此，对我还是很有杀伤力，好像被戴上了一顶无形的帽子。一想到自己的样子像支棱起翅膀冲向糠壳的鸡，我就觉得很恶心，进而会把自己爱唱爱跳爱笑的天性收敛起来，压制下去，以显示我的老成持重。

德山比我高一年级，是另外一个生产队的孩子王。他还没给我取绰号时，我们两个在一起玩军棋、象棋或打扑克争上游，玩得也还可以。因为他的水平明显比别的小伙伴要高很多，让我有棋逢对手的竞技快感。要知道，如果对手太差，让人根本就没有输的可能的游戏，是很无聊的。我们把这种友好的关系叫作"香"。可惜我们"香"的时间并不太多。大多数情况下，我们玩着玩着就会起冲突，比如说他要悔棋我不让，或者反过来，我要悔棋他不让，或者对游戏规则有不同的理解，等等。然后，我们之间会有一个人拂袖而去，再然后是互相之间很长时间的不理不睬，都下决心老死不相往来。我们把这种关系叫作"臭"。

我们一会儿"香"一会儿"臭"地分分合合着，大体上还算平安无事。但到后来，还是因为玩打仗的游戏而终于出了状况。

那时，县里的孩子玩滚铁环或三轮滑板，乡下男孩能玩的群体游戏基本上就只有打仗了。方式是各自带领本生产队的小伙伴，分成两伙，半真半假地打群架，以输赢论英雄。谁赢谁是解放军，谁输谁就是"日本佬"。那时我们看过的露天电影也只有《地雷战》《地道战》《平原游击队》和《小兵张嘎》，翻来覆去的，电影里打得最多的都是"日本佬"。我们的打仗游戏，就是把几部电影里的情节混在一起，然后喊开打就开打，打得黑汗水流，以战败方跪地求饶接受胜利方"虐待"的规定程序而告结束。我们玩这种打仗的游戏倒是不记仇的，愿赌服输。谁要是不服气，再约打一场就是。大人对小孩玩打仗的游戏是不支持的，主要是怕黑灯瞎火伤了眼睛和脑壳，但十来岁的孩子，哪里是那么容易管得住的？只好听之任之地放野牛。我们也知道分寸，不会弄得伤了谁的胳膊谁的腿。

打仗是需要拉队伍的。我笼络小伙伴们的手段很简单，就是让他们来我家看小人书。我爸爸当时在县防疫站工作，一两个星期总要回来一趟，每次都要给我带小人书。我拥有的小人书，用五六个纸箱都装不下。只有跟我玩、听我调遣的小伙伴，才有小人书看。德山没有小人书，但他妈妈是妇女主任或是赤脚医生，有一本工作用的《卫生知识手册》，里面有手绘的男女两性生殖器官的插图。相比于小人书，这个是核武器。对于我们那般大小的懵懵懂懂的男孩子来说，更加具有要命的诱惑力。德山是个狡猾的人，因为他的武器只有一件，而且我估计还是从他妈妈卫生箱里偷出来的，所以从不轻意示人。他要给谁看书，先得把门关上，把仪式感、神密感与隐蔽性做得十足。总之他是绝对不会让你自己拿着书尽情看的，一般都是由他拿着，翻到那一页，让你瞄上一眼，时长绝对不会超过三秒钟。这样，你才会因为没有看得很仔细而对那本书有持续的兴趣，他也才能更长时间地控制你。

有一次，我们打仗输了。我手下的兵全被他们逮住，成了"日本佬"，被逼着四肢着地学狗叫做狗爬，被他们强迫着当马骑，他们则骑在"俘虏们"身上耀武扬威，得意得很不像话。我也被德山逮着了，胳膊被他钳制住，被动得很。他让我跪下，我哪里肯？他朝我打一个别腿，我没站稳，眼看跟跄着就要倒地，却在挣脱他的手的同时朝前奔出几步后挺直身子站稳了。我立马朝前跑去，他紧跟着追上来，边追边喊，说我输不起，耍赖皮。我跑得很快，一下子就拉开了与德山的距离，也离"主战场"越来越远。我知道这样逃下去不是办法，便心生一计：我利用比他跑得快的优势，故意把步子慢下来，悄悄半侧身站好，等到德山气喘吁吁地追上来，我则以迅雷不及掩耳之势朝他脸上挥去一拳，然后立即转身再跑。跑出二三十步，又慢下来，又悄悄侧身等他，又是一拳挥过去。挨了拳的德山心中已是怒火万丈，一边嘴巴里骂着"糠鸡的，你耍赖皮，看老子不打死你"，一边朝我扑将过来。他不叫我绰号还行，一叫，我也是怒火中烧。我已经得了两次手，还想故伎重施。躲过他的反扑之后，转身就跑，等他追上来时，我又早已站稳脚跟，瞅准时机对着他的脸又是一拳，然后再次转身朝前狂奔。一边跑一边心里很是得意，觉得他真是一个头脑简单的"傻陀"，而我自己却能从看过的电影里面活学活用，会跟"日本佬"打持久战和运动战。

这样重复了四五次，我在奔跑中突然听得身后"扑通"一声响，一回头，只见德山已然栽倒在地上。

我停下脚步不跑了，又怕他使诈，不敢太靠近他，只好盲人走路一般不错。

盲人走路一般不错 庚子阳春三月 有瓷红釉作者琛b

满怀警惕地小步退回来，在离他五六步远的地方停下，兜着圈儿观察他。

他是真的没装，因为流出的鼻血已经糊满了一脸。

这下可把我吓坏了，想不到自己出手那么重，或者说他居然那么不经打。他叫我拉他，我哪里敢？他要是顺势把我往地上一带，再骑到我身上，我只怕真的会被他打死。但不去拉他，我又怕他血流不止，真的死了。

我朝周围看看，找了一块石头拿在手上，这才敢朝他走过去，伸出左手把他扯了起来。

他倒没有与我缠斗的意思，仰起头，慢慢地止住了鼻血，用两个袖子左边一下右边一下地擦过，再弯腰往地上吐了几口痰，这才直起身子，满眼凶光地对着我，先是看了一眼我手里的石头，然后直盯着我的眼睛看了好一会儿，这才用手指点着我的头，说，今天的事，不准跟任何人讲！然后丢下远处的其他小伙伴，从另外一条路上回家了。

接下来的几天，我过得提心吊胆。按我对德山的了解，他一定不会善罢甘休。他一定会找机会狠狠地搞我一顿。只是我不知道，他会在什么时候，以什么方式对我下手。

德山的报复说来就来。那次冲突以后不到一个星期，放学路上，刚离开学校五六百米，我正跟两三个女同学笑嘻嘻地走在回家的路上，只见一溜人马从路边的牛栏里冲出来，一下子就把我围住了。为头的正是德山，而其他几个孩子，个头和块头都跟他差不多，而且是我从来没有见过的。德山所在的七队，在我们大队的最边缘，紧靠龙王庙大队，他在那里有个表哥。我因此猜想，那几个孩子一定是德山从龙王庙大队搬来的"雇佣兵"。

我大声地问他们要干什么，他们一声不吭，围着我就动手。他们分工明确，好像演练过一样：两个人抓住我两条胳膊，两个人抓住我两条腿，德山则亲自动手，把我的裤子一下子就扒了下来。他把我的裤子捏成一团，往天上一扔，挂在了路边的树上。

那几个女同学吓坏了，哇里哇啦地一下就跑散了。德山他们几个人没散，仍然水桶般地围着我。我要朝外冲，他们就伸出手把我往中间直推。我再冲，他们再推。德山嘴巴里还大声喊道："都来看呀，看糠鸡的的小鸡儿呀。"

我们最多只有在夏天下河下水塘"汹澡儿"（游泳）时，才会打"条胯"（裸体），因为大家都打"条胯"，所以并不觉得差耻。但自己打"条胯"和被人扒裤子，完全是两回事，我这样下身光溜溜地暴露在大路上，这简直就是奇耻大辱。

木石之心，
远离欲境。

我在想该怎么突围。硬冲显然不行。那几个孩子不是我们大队小学的学生，毫不顾忌我妈妈是学校老师这一点，对我下手时一点也不客气。我想，也许我得找一个个子小一点的人，抱住他，朝他胳膊上使劲咬一口，最好咬得他出血，反正是打不赢，就要横，不拿出跟人拼命的架势，吓不倒他，就像《小兵张嘎》里的嘎子咬"胖墩"一样。但那几个家伙个头力气真的比我大，我根本就没有机会上手。

　　真是天无绝人之路。就在我受尽凌辱、无计可施之际，来了一个手里拿着一根扁担的大人，名叫"年婆"，正是我远房的小舅舅，平时老带我到北湖挖藕捉黄蟮和到别的大队去看电影。他长得人高马大的，见我被众人欺负，轮起扁担大吼一声："你们这么多人欺负一个人，要不要脸？信不信老子一扁担打死你们？"一下子就把德山和他的小伙伴赶跑了。"年婆"又哧溜一下爬到树上，替我取下了挂在上面的裤子。

　　我赶紧把裤子穿上，心里想着，刚才那一幕是不是已经被那几个女同学看了个正着？明天岂不是整个学校都会传扬这件事？我岂不是要被别人笑话一辈子？

　　年舅舅要把我护送回家，我点头同意，只是跟他说，今天的事，可不要告诉我妈妈，也不要告诉我外婆。我知道她们两个人对我金贵得很，要知道我在外面受到了这样的欺负，一定会找到德山家里去讨说法，我妈说不定还会跟德山他妈绝交。要真那样，我被人扒了裤子的事，就不仅会让全学校的人知道，还会让全大队所有的人都知道。

当天晚上，我找到了友和。他是跟我玩得最好的小伙伴，他小姑姑嫁到了常德，据说那是一个比汉寿要远好多，也大好多的地方。他上次去常德看姑姑，带回了一把顶漂亮的弹弓：弓身是用筷子粗的铁丝做的，橡皮筋不是大队小卖部卖的女同志用来扎头发的那一种，而是用废旧的单车内胎做的。前不久，友和用它打了一只斑鸠，嘚瑟得不行。他曾经提出来要用弹弓换我十本小人书，而我只同意换六本。我现在太想要那把弹弓了，哪怕是用十二本小人书换我也愿意，我要用它打破德山的脑壳。

后来发生的几件事，让我对德山进行的报复计划彻底流产了，或者说我的注意力与兴奋点，完全被转移了。

第一件事发生在我被德山羞辱的第二天，教语文的熊老师找到我，说他知道了我跟德山打架的事，问我是不是准备报复德山。见我不吭气，熊老师说："你不说话就是默认了。作为老师，我希望你们两个不要再你搞我一次，我搞你一次了，那会出大事的。"我犟嘴说，他那样欺负我，未必算了。

你以为最近的路可能最远。

熊老师说:"这事德山有错。我昨天找他谈了,知道了一些情况,才晓得这件事的起因其实在我。"熊老师说:"德山之所以给你取那个绰号,是因为我自己有一件事没有做好。"这件事发生在一年以前,当时熊老师刚到学校,想展示一下自己的书法与绘画才能,便在学校里出了一期墙报。画了一幅一个男生与一个女生一起在煤油灯下学习毛主席语录的画,表扬了我和黄秀英。黄秀英比我高一年级,跟德山一个班,是随父母从县城关镇下放来我们大队的,长得好乖。熊老师说我们两个是学习毛主席语录的标兵,号召全校同学向我们学习。熊老师说,他当时并没有做认真的调查,不知道德山会背的毛主席语录比我还多。"我表扬你没有表扬他,是不公正的,深深地伤到了他的自尊心。当人觉得别人对自己不公平的时候,是会忍不住要做傻事的,包括迁怒于你,给你取绰号。"熊老师的话说得我一愣一愣的,不知道该怎么回答。熊老师说,"我不知道你理不理解德山,但你想一想,换了你,你是不是也会很不高兴?"

我点点头。确实是这样,我小时候最怕的就是被别人冤枉。要真那样,我肯定是会又委屈又愤怒的。见我还是不吭声,熊老师又说:"打架未必是你的强项呀!我原来以为爱学习才是你的强项哩。一个人要有知识,才会有出息。我们全校的老师，都认为你今后会是我们大队最有出息的人。我们所有的老师是不是都看错了你？"

说得我差点哭了。小时候，我常被大人表扬，只要一被表扬，我就"浑身是胆雄赳赳"，就会铆足了劲，干出更好的成绩，以证明自己值得被表扬。如果不是熊老师点醒我，我真的有可能对德山下黑手。他要是吃了亏，又会想办法整我，我们两个你一下我一下的，什么时候才会有个完？又怎么保证每一次对对方的报复不会伤到眼睛和脑壳呢？

第二件事，是县一中一个教物理主课而兼教体育和美术的老师，下放到了我们公社。他在县一中教书时是跟我爸爸打篮球的队友。他被作为宣传员派到我们大队，要给广大贫下中农办一个批林批孔的漫画展。我从小就喜欢画画，这个老师就把我叫去给他当助手，偶尔也让我亲自动手，照着宣传册上的画直接画到大大的白纸上。一想到自己的作品会被糊在墙壁上被几百个贫下中农参观，我就来了劲，全部心思和时间都用在了怎么把画画好上。

第三件事，我还从来没有跟人说过。我家离大队部很近，而且总是被我外婆收拾得很干净，每次县里下来的电影放映员，都住在我家里。这次来的是一个小姐姐，一个刚出校门的高中毕业生，顶她爸爸的班，当乡村电影放映员。她

人生烦恼 一半来自
求之不得
一半来自
舍之不能
2020年4月
青瓷红釉作者
深白

人生烦恼一半来自求之不得，
一半来自舍之不能。

不仅长得乖，还特别懂礼貌，一见面就送给我一个礼物：画在胶片上的幻灯片。她还教我怎么样用手电筒把幻灯片打在墙上，怎么样通过晃动手电筒而让墙壁上的小人动起来。那样的情景，不被我记忆一辈子是不可能的：我们在门窗关得严实的小黑屋子里放幻灯片，她头发上肥皂的香味和脸上雪花膏的气味，实在太好闻了，从我鼻腔里钻进去，向下浸入到了我的肺腔，向上则侵入到了我的大脑，至少当时我是这么认为的。我真是紧张得气都喘不过来了。她有时候还会伸手在我头上揉一下，这就更让我受不了啦。我只能浑身微微颤抖地控制着自己，才能拼命忍着没有张开双臂抱紧她，在她怀里激动得热泪盈眶。我咬着牙齿下定决心，我一定要好好画画，等她下次再来的时候，我要把自己画的幻灯片放给她看。这样，她就会因为表扬我而一次两次地揉我的头发。

在这之后的十来年里，我暗恋过好几个比我大五六岁甚至十多岁的姐姐或者阿姨，只要我认为她们长得跟放映员姐姐有那么一点点挂相，头发上或者脸上有我的放映员姐姐一样的香味。

那时候我还不知道有"女神"这么一个词，只是一遍又一遍地幻想，我和她肯定要再见面的，而只要我的幻灯片画得好，她说不定真的会主动张开双臂抱我一下，让我在她怀里一边拱一边流下滚烫的眼泪。在这种不分白天黑夜的幻想中，我的童年玩伴德山，已经没有了一丝一毫的存在价值……

我的长沙故事

一

第一次来长沙是四十一年前。那年我十七岁，由父亲陪着去湘潭大学报到上大学，长沙只是路过。为了省车票，父亲找关系搭到了便车，是那种墨绿色的解放牌卡车。父亲跟别的搭便车的人挤驾驶室，我自己强烈要求坐在后面的大车厢里。一路上，有"少年飞啦"的感觉。

车过湘江大桥，我们被还要继续赶路的司机"下放"到五一路起点的马路边。我的行李是一个人造革的大挎包、一个黄色的书包、两床被当过兵的父亲打得很是周正的棉被，以及老家的木匠打的那种大木箱子。那个箱子因为已经使用了好几年，通体的黑油漆显得柔和乃至有些斑驳。当然，还有一根扁担。

父亲跟我商量，能不能坐船去湘潭，我点头同意，觉得坐船可以一边随湘江南去，一边指点两岸江山。直到写这篇文章的时候，我才揣摩出父亲的用意——若坐汽车，得去建湘路上的汽车南站，中间不知道要转几路公交车，我们俩带的行李已颇有搬家的架势，上车下车麻烦不说，肯定会遭到长沙人的嫌弃。而最主要的还是从长沙到湘潭的船票，比汽车票要便宜得多。坐船慢是慢点，但我们也没别的事赶着去办，时间于我们并不值钱。

当时的长沙轮渡码头在现在的万达广场对面，候船室与湘江大桥之间有休闲的长廊连接，让我至今仍记忆犹新的是，在一片蝉鸣声中，我在紧挨着连廊的宣传橱窗里，看到了长沙市中学生的美术作品展，有素描、水彩和油画。我当时就震惊了，觉得那些画实在是太好了，暗自对父亲又崇拜了一次，惊叹姜还是老的辣。原来，高中毕业时我原本是打算考美术学院的，只是被父亲逼着才读了文科。那次不期而遇看画展的经历，让我感到一年前的退让真是值得庆幸，否则，为了考上美院，说不定我非得复读三四年、五六年，甚至七八年。

在随后的十三年间，我作为大学生和毕业留校工作的员工，曾经多次路过长沙，或到长沙出差。作为匆匆过客，没有什么特别的记忆。唯一有点特别的事，发生在大三。

我从汉寿过完暑假回湘潭，想去湖南师范学院看高中同

赏花不折枝，
香自幽远，
我自悠然。

赏花不折枝
香自幽远
我自悠然
庚子晚春
澄石左手

学。我是在溇湾镇上的5路公交车，车上很挤，主要是学生和当地的居民。我记得当时乘客中有一个讲常德话的妹子，说"莫挤哒莫挤哒，再挤会由圆粑粑挤成瘪粑粑"，让半车厢人听得哄笑。

那次我没带什么行李，算是一身轻松。但等我下了车，才知道事情不妙，我发现我的裤子从膝盖到裤脚边，生生地被什么利物划开了，圆筒的大喇叭裤管变成了一块随风飘扬的布。我这才猛然意识到，刚才在车上时，紧挨着我的是个农民，他提了好大一口锅，我的裤子应该就是在人挤人的过程中，被那口锅划破的。

我还记得我当时的窘迫：一是因为性情懦弱，居然不敢出声与和我一同带锅下车的农民理论，找他索赔，只傻傻地看着他走掉。而更多的心思是在想，不知道路人该怎么笑话我，我这副样子又怎么去见高中同学？

二

我是一九九八年十一月在长沙注册公司的，从此扎根长沙，一直生活至今。公司开在五一路的银华大厦，那是当时长沙最高与最高档的写字楼之一，而我们是它的第一批租户。

之前，我在湘潭大学读书、留校，一直待了九年。我还在那里结了婚，当上了人事科科长，成了在全国性文学期刊上发表过近十篇小说的作家，还生下了现在已是青年作家与编剧的女儿。一九九二年，我受已下海的朋友怂恿，下海到了海口，其间搬了十多次家，记得还到冯仑的万通公司应聘过，而且成功了，但我没去就职，而是去了海南日报社，最高职务做到了海南日报报业集团公司的副总裁。我就是那时进入艺术品拍卖行业的，很快把海口的艺术品拍卖做得风生水起，又以更快的速度将其做得一地鸡毛。

从海口来长沙时，我已赚到了人生的第一桶金，体量相当于当时湖南益阳某个乡全年的 GDP（我女儿的舅舅曾在那个乡工作）。我在长沙最初五年的生活被我写进了《青瓷》里。我一直不承认那是我的自传故事。因为我的自传故事比书中的故事还要厚颜无耻、龌龊肮脏与惊心动魄，却丝毫没有书中的那种脉脉温情与所谓理性思考和灵魂忏悔。之于我，那是一个把挣钱当官、男欢女爱当成成功标志的时代。所谓英雄不问出路，意味着只以结果论输赢，而完全忽略掉过程以及所选择的手段是否合理合规与道德评判。在那种背景下，男人好色求财的内在冲动很容易导致行为处事的癫狂。是的，那就是我在长沙最初五年的状态，也是我们那

书中妙语，说与鸟听。

書中妙語與鳥聽庚子浮石左手

一代不少下海做生意的知识分子的状态。有心的朋友可以再读《青瓷》，再把其中的一些情节放大十倍，便可窥其一斑。

还是说一个书中没有的故事吧。我在长沙买第二辆车的故事。原本我是可以买奔驰、宝马或者奥迪A6的（就像《青瓷》中张仲平开的那一款）。但朋友说，别那么张扬，因为给你业务做的朋友可能并不希望你那么打眼。但也不能"太硕哒①"，搞得你在朋友眼里显得很没实力。于是我选择了高配的君威。定金交了一个多月之后，4S店通知我去提车。到了以后却被告知，没车可提。这是什么情况？销售经理只说实在对不起，请我理解，让我下次再来。这种说辞令我很不满意，我很不耐烦，嚷着要他们老板来。老板没来，却见另外一个人来提走了与我同型号的车。我很自然地想，一定是那个人凭关系插队或者是额外加了钱，提走了属于我的车。这个想法让我内心的小火苗顿时像浇了汽油似的熊熊燃烧起来，觉得被人当猴要了。做生意不能这样店大欺客，这也太不讲规矩，太不讲诚信了。销售经理讲完那通话之后，就到另外一边接待别的客户去了，完全把我晾到了一边。我

---

① 方言，指"太差"。

觉得我那火不发出来，会把自个儿胸腔间的五脏六腑烧成韩国烤肉，哪里还忍得住？一眼瞥见桌子上有一把茶壶和两只杯子，我毫不犹疑地伸出手去，用手指拎着杯沿，平伸到空中，然后松开手指，让它与地面瓷砖发生碰撞，制造出"砰"的一响。那响声成功地吸引了偌大的大厅中其他看车的顾客，纷纷朝这边侧目而视。刚才那位销售经理赶紧过来问怎么回事，让我有话好好说。其实，我决定摔杯子的那一瞬间，已经没有愤怒了，心里只有一个念头，这车我今天还非提不可，除非老板亲自出面，弯着腰给我一个令人满意的解释。我懒得跟销售经理瞎扯，让他叫老板来。这真是难为他了。以他的级别，是叫不来老板的。见他呆着不动，我把另一只手，再次优雅地伸向第二只杯子，同样的手指张开抓着它的杯沿，同样地拎着平行伸向半空，然后松开手指……店长立马出现。他让我息怒，说今天实在没车了。我指着大厅里的一台样车说，这不是吗？店长说，这是样车，您提走了，我们怎么做生意？我说你们怎么做生意是你们的事，既然你们通知我来提车，我今天就得提。店长考虑了半分钟，说你非得要提车，就提这辆。但是，你得赔两个杯子钱。我已经熄灭的怒火，一下子被他的愚蠢撩得死灰复燃，立马不管年龄上的不合适，用"太阳"的文言文方式，大声地问候唯有爱，才会让人不计笨拙乃至丑陋地为另一个人且歌且舞。

唯有爱
才会让人
而不计笨拙
乃至丑陋地
为另一个
人
且歌
且舞
乙未岁末
梁山

了一下他的母亲，我说老子做生意的，就想讨个口彩，你却让老子赔？摔你两个杯子你要我赔，可以。你耽误老子一下午的时间，谁赔？怎么赔？你知道老子一天赚多少钱吗？我一边说着一边起身拿起茶壶，高高地举过头顶。那店长想是害怕了，完全不知道我接下来会把手里的茶壶往地板上砸还是往他脑袋上砸……

这个故事是我第一次讲。我也第一次问自己，为什么会发生这样的事。毫无疑问，在这件事上，那家店是有错的，不该如此怠慢客户。反观我自己，难道那应该是我唯一的选择吗？

那时我的拍卖公司生意做得很顺，"锤子一响，黄金万两"，一单业务赚几十万几百万是常有的事，只要把我的甲方服务好，拿到业务就行。轮到我消费了，不就是送上门来让你赚钱吗？你就是不把我当大爷，也不应该把我当乞丐吧？你怎么能这么不懂事？我为什么要赚钱，不就是为了"财大气粗"，希望在别人面前、在很多场合都有面子吗？你不给我面子，就别怪我砸你的牌子。

事隔几十年，我才知道，我的这种"快意恩仇"，完全是我做生意做得最顺时低级庸俗乃至丑恶嘴脸的一种真实写照，一种得理不饶人的蛮横张狂。

后来，当我经历第三次创业的灭顶之灾后，我才逐渐明白，当金钱仅仅用于维系我们身体正常需要的时候，它是雨露滋润，是好的，是善的。而当它一旦成为自我膨胀的催化剂的时候，它就是洪水猛兽，是丑的，是恶的。这也很好地解释了，当初被一口大锅划破了裤子的无助少年，与泼妇般骂街的小老板，为什么都是曾经的我。

三

《青瓷》让我一夜成名，也让我摇身一变成了一个遵纪守法的道德模范。为了爱惜已有名声，我必须努力抑制自己做坏事与及时行乐的冲动。而这样做的结果，可能会如一拨朋友说的，我马上就会江郎才尽，再也写不出比《青瓷》更好的东西。也可能如另一拨朋友说的，我要么立地成佛，成为世事通达的谦谦君子，要么成为两面三刀、道貌岸然的伪君子。

我的想法不同。首先，身为作家，有一部《青瓷》也许就足够了，任何自我超越的贪婪企图都不过是画蛇添足。要么，生活说不定还会在我顺风顺水的时候，给我再来一次远胜于当年进看守所的打击，让我再次历经沧桑，为我提供更加丰沛的写作素材。

之后几年，《红袖》《皂香》陆续出版，一边夯实了我在文学界的江湖地位，一边让我渐生倦意。我开始逐渐认识到，我真的完全没有必要就这样当一辈子作家，为写作而写作。我其实在文学上有更大的野心，就是成为真正的作家，而不是码字工。所谓真正的作家，只会追求有意义的写作，他的每一行字，必定是发自内心且肩负使命的，而绝不可能是为了赚钱而迎合市场，或命题作文。真正的作家的表达欲望永远跟生活积累有关，特别是那种逆境丛生与苦难深重的生活。因为人只有在面临生死抉择的时候，才会有灵魂纠结与挣扎的撕裂感，那时发出的呻吟、抗争的动作与摆脱苦难追求光明与温暖的不懈努力，才是文字之所以有价值的基础。

写作与画画不同。画家要么服务于权贵，要么行乞于市场（其中会有个别例外，如中国文人画中的少数佼佼者），总之，优秀的文学作品（包括优秀的文人画作品），一定跟探索人性的边界与探索人生的真谛有关。

于我而言，几本书写下来，因为缺乏新生活的积累和人生变故，而耗尽了我的积累，逐渐处于写作的衰退期。

为了安慰自己，我还搬出了"功夫在诗外"的说辞。我对自己说，写作真的不能成为养家糊口的行当，你骨子里其实是个唯利是图的商人，为什么要在一棵树上吊死呢？当作家既不是很了不起，也不足以提升你的生活品质。既然如此，这文人真的不做也罢。而能把商人做好的人，其实需要更高的综合素质，比如勤劳、敏感、才华、抗压能力、沟通能力、领导能力、利弊权衡能力、资源整合能力等等。从性价比和操作层面考虑，做好一个商人反而令我更感兴趣。

总之，我认为保持我个人品牌增值的方式是挖掘自身潜力，努力做一个"斜杠青年"，跨界做商业落地。也就是说，每个行业都有天花板，你既然暂时不能让你的文字或深入人心或惊世骇俗，你完全可以把你的手或者脚，伸到别的行业里去，占地盘抢资源。

我丝毫没有意识到，这种以退为进的指导思想，完全可能会使我误入歧途。我太自信了，认为自己有足够的理性，驾驭"老夫聊发少年狂"的创业激情。

也是机缘巧合，有个做"艺术品投资基金"的人，辗转找到了我。按他的说法，我是他们找遍全中国后的不二人选：一、我有二十多年做艺术品拍卖的经验（艺术品交易当然离不开拍卖）；二、我不仅对字画有一定的鉴赏鉴别能力，自己还能写能画；三、我是文化名人，拥有通过小说与电视剧积攒下来的品牌影响力与市场号召力。

有人天晴带雨伞，
有人雨中漫步很悠闲。

我承认我被忽悠了——话说回来，世上有几个人可以抵御别人献给你的高帽子呢？总之，我居然相信了他对我的吹捧，我开始做市场调研，做商业计划书，一遍又一遍地做兵棋推演，忙得不亦乐乎。终于，传说中的基金公司不但没有成立起来，而且那个投资人也去了澳大利亚。但我一点也不沮丧，相反，早已身陷其中，欲罢不能。我开始寻找志同道合的创业者（主要是金主爸爸），很快与另一个原先做大宗商品交易的投资人签订了联合成立公司的协议。那是二〇一五年年底的事，春节过后，说好的资金未能如期到账，金主爸爸因为二〇一六年一月那次股市"熔断"损失惨重，合作至此夭折。

我忽略了命运对我的第二次预警，我已经被自己设计的商业帝国与市场前景完全迷惑住了，轻而易举地违背了当初自己设定的只出"品牌与技术构想"的底线，怀着一种舍我其谁的使命感与改变世界交易规则的情怀，以"独行侠"的身份投入到了第三次创业中。

当初的基金"画饼人"其实说到了点子上，这次创业真的与我从小爱好画画与多年从事拍卖行业有直接的关系。我设计了一种新的当代艺术品电商拍卖平台，能够让参与者同时具有消费者与投资人双重身份，我申报专利，找人设计产品，唯独忘记了我自己其实是对互联网一窍不通的人，与互联网创业相关的天时地利人和，我一样也没有占上。

交易平台终于上线，测试阶段的辉煌或者说因为朋友的捧场而呈现的虚假繁荣，很快幻灭。我因身在其中而完全失去了理性判断能力，或者因为幻想奇迹会在下一秒钟出现，或者因为不甘心失败而一步一步陷入泥淖。结果可想而知。两年多的创业，我赔光了这些年出版《青瓷》《红袖》《皂香》及其他几本畅销书赚的全部稿费，加上做《青瓷》电视剧的全部编剧费，再加上找亲戚朋友借的钱。是的，仿佛命中有此一劫，我用差不多一千万，打了一个没有一点水花的水漂。

现在的我早已心平气和，但我不想潦草地讲述我的"滑铁卢"故事。我只想说几句话给准备进行互联网创业的朋友听：我们殚精竭虑想得到的美好东西，完全有可能导致我们进入至暗境界。其中心念尤其重要。是的，至少在我交了足够的学费之后，我有资格认为，有两种念头足以致人于绝境乃至万劫不复：一是以前所谓的成功带来的"无所不能"的自我暗示和自我膨胀；一是以一己之力改变世界包括人性中欺诈贪婪的劣根性的高尚企图。

这段经历的唯一收获，是替我积攒了完全有别于《青

有些书是用来读的，
有些书是用来塞书架的，
还有一些书是用来
捧在胸前照相的。

瓷》《红袖》与《皂香》中的故事的创作素材。但是，要讲述这个故事，需要花费更多的时间与心智。更重要的是，我知道大家可能更愿意听到虽历经磨难而最终获得巨大成功的故事，而现在，我正披荆斩棘，行走在路上，还不到重新拿起笔写作的时候。

简单地说一下我目前的状态吧。

首先，我做到了世界上最难的一件事：认输。第二，我做到了世界上另外一件更难的事：认识自己；第三，我做到了世界上没有最难只有更难的事：认输不服输，跌倒了再爬起来——此路不通，绕道而行。

这与创业亏了多少钱赚了多少钱无关。如果金钱令一个人凌驾于众生之上，使他具有目空一切的优越感，要不了多久，他就会变成一个自负、冷漠、郁郁寡欢、对他人失掉最基本的信任与尊重的人。同样的，债务的确是一种负担，但压垮一个人精神的，从来不是债务本身，而只是对生命意义的负面认知与对自己东山再起能力的绝对失望。

实际上，命运极少会把一个人一棍子打死。相反，当我们遭遇极度困厄的绝境时，上帝一般都会给我们至少一次翻盘的机会，换句话说，我们每一个人，都会在生命的要紧处，至少得到一个生命中的贵人相助。

我的运气好多了，在我生命中的每一天，几乎都有贵人相助。以我成为公众人物之后的经历为例：他们曾经是我数以千万计的读者与数以亿计的观众；曾经是我半夜突然惊醒却欲哭无泪、求助无门时，倾其所有抵押房子、借钱给我为员工发工资的家人、亲戚与朋友；是用信任的言辞鼓励我的老乡朋友师兄师姐师弟师妹；是用毕生所学所得为我调理身体的两位尊长与兄弟；是在我公司转行进入文创行业之后，从政策、落地层面帮扶我，或用真金白银购买我第一批文创酒的朋友。

　　特别值得一提的两位贵人，一位是从二十年前开始一直购买黄永玉先生画作的大哥，他从去年开始购买我的画，一出手就是近百幅，而且承诺要为我建一座美术馆。价格是我开的，他并未过多地与我讨价还价。另一位则是电视剧《青瓷》的制片人之一，我们只是口头谈定了一起把《红袖》做成电视剧，合同未签便给我打来了预付款……

　　我说他们是我的贵人，不仅是因为我靠他们买酒、买画、买版权的款项，让我付清了我找朋友找亲戚借的近六百万欠款，更重要的，是他们对我的鼓励，对我人品的认同，对我作品的认同，与对我未来定会再次成功的信任。

　　是的，二〇二〇年疫情之后，还能敢于付钱、付得起钱

只要耐得烦，
总有鱼会上钩。

的人，并不太多。而一诺千金，真诚地给予我帮助与支持的人，则是我的知己。我真诚地感谢你们。

其实，值得我们感恩与感激的贵人无处不在，甚至包括生活中与我们唱反调、讲我们的坏话、阻挠我们成功与侵占我们利益的人。也包括他人或自己的贪婪、执念而挖掘出来的陷阱。我们之所以同样应该感谢它们，是因为面对生活中不期而至的困难与风险，战胜它们或与它们两害相权取其轻的拼搏努力，都将使我们更加坚韧与强大。

我修改这篇文章的时候，全球新冠肺炎确诊病例已经过一千万，累计死亡人数已过五十万。毫无悬念，这次疫情将彻底改变世界格局，也将彻底改变地球上几乎每个人的生活。有些人会染病，还有些人会死去，但更多的人会活下来，只不过比过去会活得更加艰难而已。那又怎样？对所有的人来说，生活永远不会一帆风顺。对另外一些少数人来说，面对天灾人祸，他不会垂头丧气，坐以待毙。相反，只会最大程度地调动其应激反应机制，让自己活得更顽强、更精彩。

正是这些人的存在，让我们有理由相信，尽管我们真的不知道，灾难与好运哪个先到。但是，明天的太阳，一定会照常升起……

身在尘世

因为乞求而跪拜
这是人变得不是人
的第一步。

因为乞求而跪拜，这是人变得不是人的第一步。
庚子岁末 漫白左书

妈妈们的青春岁月

中国人的面子

"面子"一词最基本的含义是指物体的表面，例如人们穿的衣服就分里子和面子，还有一种意义则是指某种东西的粉末状，如白粉面子、煤面子等等。从社会学层面上来说，面子的意思更是层次丰富、内涵庞杂，不仅常常指体面（主要用来形容表面的虚荣，如人们常说的爱面子、留面子、驳面子、看某人的面子等等），也指人的尊严或名声。可以说面子既是一个古老的概念，又有着鲜活的生命力。它被人们挂在嘴上，既成为很多人努力奋斗的目标（比如说挣面子、撑面子、有面子），又是评判他人的一个软性指标（比如说有面子的人，被看作有能力、有话语权、能帮忙办事的人），还是人际交往的一种工具或手段（给面子、留点面子、看我的面子等等），成为实际上支配着中国社会运行的"潜规则"，以至于给了面子，就是尊重了人格，扫了面子，就是侵犯了尊严。概括起来说，面子既是一个人的综合实力的表现，也是一种人际交往的信用或资本。

有人说，面子观念早已融进中国人的血液，成为中国人性格划分的 DNA ；也有人说，这是一种非理性的价值观，也是一种略含荒诞成分的伦理情感。但不管怎么样，中国人向来很看重面子、很讲究面子，确实是一个谁也否定不了的事实。

我们先谈谈面子的三个层次。

第一，代表荣誉与尊严的面子。"树活一层皮，人活一张脸"，这是每个成年中国人都再熟悉不过的一句话。面子对人来说既然如此重要，当然有必要通过各种方式替它添光加彩，而决不允许对其贬损诋毁。名声口碑是面子，权势地位也是面子，成功是面子，被别人肯定、褒奖也是面子。于阳先生在《江湖中国》中很通俗地讲述了尊严和面子的关系，他说："潜移默化地沉积在百姓之间的礼俗制度，即所谓风俗化的儒教，是'面子'文化诞生的制度背景。这一点，正好是'尊严'演化成'面子'的逻辑条件。讲面子，就是礼教或礼俗制度的尊严观。尊严价值一旦进入礼教，或进入礼教遗迹的江湖，便是面子。而面子的价值，一旦走出礼教，进入现代话语，便是尊严。"

第二，代表规矩的面子。中国一向有庙堂、江湖之分。

如果说庙堂主要指的是官府、主流社会、传统文明、精英阶层，那么江湖的概念则要宽泛和复杂一点，它既指由侠士演化而来的各种会党、帮派、山头，也指庙堂之外的所有阶层，甚至包括以各种明里暗里的方式向庙堂的渗透，以及与它发生的盘根错节、千丝万缕的勾连的关系网。可以这样说，社会发展到现在，庙堂与江湖已无明显的分野，两者的边界已经模糊化，白道、黑道、灰道，乃至整个社会，统统予以囊括进"江湖"。"人在江湖，身不由己"，这句话里的江湖，既指官场，也指商场；既指名利场，也指感情场。其外延包括了所有人类赖以生存的社会环境。在这里，面子已越来越具有交易工具的功能，那种"世事洞明，人情练达"的人，往往就是对面子规矩心领神会、运用自如的人。

第三，代表资信的面子。早几年，葛优在冯小刚的电影《夜宴》中饰演皇帝，有一句台词引发笑场，那句台词是——我泱泱大国，诚信为本。其实，信守契约本是中国的传统美德，正所谓"一诺千金""君子一言，驷马难追"，但随着社会的江湖化，劣币驱逐良币，有时候看起来诚信不如使诈耍赖得好处实惠，让一些人觉得老实人吃亏，契约似乎越来越没有明显的约束力。但是，一个社会没有规矩是无法想象的，只会加速瓦解与灭亡。而不遵守法律规章，并不意味着不讲江湖规矩，正所谓"鸡有鸡道，蛇有蛇路"。就像经济学家罗纳德·科斯所说的"交易费用决定人们对一种制度的选择"。于是便有了人情大于法、面子大于规章制度的现象。因为有面子的人等同于有本事的人，可以出面摆平、搞定很多事，所以，面子大也就等于有了本钱、有了品牌效益，也就有了与人进行资源交换的资本。

面子既然那么重要，那么，什么样的人最有面子呢？

一般来说，权力大的人比权力小的人有面子。权力是所有人类活动资源的控制力量，涉及人们生活的各个层面，也就影响到人们的生存、发展与生活品质。权力的存在在于行使，它的最大乐趣是指使他人按自己的意愿行事，它的运用可以轻易地改变很多东西，所以人们多习惯对权力的顶礼膜拜，权力的拥有者当然是最有面子的人。

很多时候，财富多的人比财富少的人有面子。因为财富是稀缺性资源中流通性最强的硬通货，钱多的人似乎头上顶着光环，总是能够轻易地获得别人的信任、好感和羡慕（乃至于嫉妒、仇恨，只是羡慕的另类表达方式），面对有钱人的时候，即使不能得到任何实际的好处，有的人脸上也总是忍不住挂着献媚的微笑，表现出面对金钱时的奴性。

名声大的人比名声小的人有面子。名声既是一种生存手段，也是成功的重要标志。和权力、财富一样，良好的名声（广泛的知名度和美誉度）一旦形成，便成为拥有者可以调配使用的重要资源或无形资产，影视明星是这样，各行业的专家学者也是这样。当社会（尤其是年轻人）普遍追星、领导或出于真心实意或工作需要作秀而公开表达对社会名流的尊重的时候，明星、名流的名声将越来越大，越来越有影响力。

　　人脉资源越丰富的人越有面子。人脉即人际关系、人际网络，体现人的人缘、社会关系。无论中外，人们都有一个"共识"，就是一个人能否成功，不在于你知道什么，甚至不在于你能做什么，而是在于你认识谁。人脉被认为是一个人通往财富、成功的入场券。在当下的中国社会，对人脉（关系）的依赖尤甚，一个人如果在社会上门路多，认识的人层次高，跟非富即贵者关系铁，他无疑是最受欢迎的人，将成为人们争相交往的对象。像社会上的一些能人掮客、作为无冕之王的记者、咨询顾问专家以及电视台社会交际广泛的主持人等等，都是人脉资源丰富的人，委托这种有面子的人办事，很可能减少交易风险，降低交易成本。

　　能力强的人比能力弱的人有面子。俗话说，"家有万贯之财，不如一技在身"。相对于权力可能被剥夺、财富可能被灭失、名声可能被毁坏，能力则是一种稳定的、既能在短时间内产生效果又可持续增长的资源，它是绝大多数人安身立命的根本，也是与人交换的筹码。能力可以帮助一个人获得权力、财富、名声，但不一定必然如此。即使是这样，社会各行业中的能人、技术骨干，也足以凭自己的一技之长挣得面子，立足于社会。

从中我们很容易发现面子的逻辑——中国人的生活目的和中国人改善生活的手段，两者具有很高程度的互换性。一方面，每个人都像往银行里存钱似的，在努力把自己的面子做大。另一方面，人们在做"面子工程"的时候，总是包含着或多或少的实际利益考虑。换言之，面子是做给别人看的，因为人们一旦认定你的面子，便总是自觉或不自觉地愿意与你交往，并把更大的信任、更多的机会给你，从而形成面子"扩大再生产"过程中的"马太效应"。

面子不是一成不变的，总是处在不断的发展变化之中。

那么，怎样让人们知道你面子的大小并让你的资信等级不断提升呢?

我们先要认识到，欲望是扩大面子的原始动力。

首先，既然面子是给人看的，一个人有没有面子，有多大的面子，最终不由自己说了算，而是要看别人是不是买这个面子。这就是为什么不少人无法率性而为，而只是为了获得别人的好评而活着的原因，因为人们会根据你面子的大小，让你享受不同的待遇，给你不同的机会、虚荣和实利。其次，一个人总是希望看他面子、买他面子的人档次越来越高，因为这是不断抬高身价，不断长面子的事。以获得荣誉为例，县级荣誉明显低于市级、省部级，省部级又低于国家级，所以，面子的背后其实是有严格的等级的，等级越高越有面子。

面子既然有着严格的等级，人们在交往的过程中就必须予以严格地遵守，一般来说，要想给对方留下好印象，最好能够给予超越其级别的礼遇。

以官员为例，不同级别的官员享受不同的待遇，如果在某个项目上没享受到，有的人心里会极度不平衡，认为低人一等。反之，如在某次出行中，接待单位让某官员享受了超越同级别的待遇，将被认为很给面子，给足面子让对方有一种被充分尊重的愉快，总会想办法还你面子。领导还下级面子的方法就更多了，封官许愿是一种，会上表扬你的工作是另一种，最高层次是将你划进他的圈子，所谓有福同享、有难同当，同时也会让你跟定了他，为他鞍前马后、冲锋陷阵。

做生意的则更多地讲究排场。从注册资金开始，到办公室的面积和装修档次（最好有古董名画收藏），从办公用车的品牌和女秘书的漂亮程度，一切该摆的谱都要摆，因为这关系到公司的形象。形象是什么？形象就是面子，足够的面子可以让你在商务活动中处于主导的地位。

既然面子能带来好处和实惠，人们便免不了在面子问题上夸大其辞、弄虚作假、自吹自擂、演戏作秀、请人抬轿吹喇叭等等，看似务虚，实则是给自己长面子，归根结底，私底下还是对真实利益的追逐。

总之，关于面子问题，不是一篇小文章所能说得清楚的，可能需要花一辈子的功夫去不断地"学习与实践"。

论权力

我有过所谓的从政经历，但我当的最大的官，不过是一所综合大学人事处人事科的科长，连七品芝麻官都算不上，而且那还是二十多年以前的事，从这个角度来说，我似乎没有谈论怎样才能获得权力、怎样才能当上官当好官的资格。

但俗话说，没杀过猪还见过猪跑，没见过猪跑还吃过猪肉。一个人要在社会中生活，总是免不了要跟各种政府部门、办事机构打交道，也就不得不见各种各样的大官小官，如果不是进行严谨的学术研究，从关系学的角度谈一谈对这个话题的感悟，应该也是可以的。

简单地说，权力是个好东西，它是为了达到某种目的的一种能力。任何时候，权力都是权威和身份地位的最直接证明。权力最喜欢跟势力联系在一起，叫有权有势。权力意味着可以控制局面、说话算数，人们去某个单位、部门办事，总想习惯性地直接去找领导，就是这个道理。权力同时意味

完美是没有止境的，是不值得去追逐的，因为那会让一个人的时间与精力坠入到精神永远得不到满足的无底深渊之中。

着主导地位和话语权，这也是人们为什么总是想当正职或一把手的原因，因为正职或一把手是单位里权力最大的人。

不简单地说，权力对某个人来说是个好东西的时候，对另外的人来说很可能就不是一个好东西，因为权力的构成离不开"命令—服从"。在个人、群体或国家之间，当彼此的利益不一致或有矛盾、有冲突的时候，一方总会以威胁或惩罚的方式，强制影响和制约他人或其他群体或其他国家，对于没有权力或权力较小的弱势者来说，常常需要牺牲自己的利益，强迫自己服从。所以，有的人认为，权力的根本目的，总是为了让自己更好地生存与发展，当这种目的的实现遇到阻碍的时候，他会对自己和他人的价值资源进行有效的影响和制约。从这个角度来说，权力具有明显的社会关系特征，它的运作常具有博弈的特征，权力之争有时是惊心动魄、血雨腥风的。

让我们弄清楚权力与权威的关系。

权力是基础，权威是权力放射出来的光芒。权力越大，权威也就越大。但这也不是绝对的，有时候，权威的大小可以在一定程度偏离权力的大小，最后，权威会对权力产生一定程度的反作用。但总体上来说，权力的发展方向与发展规模在根本上决定着权威的发展方向与发展规模，权力与权威的大小是基本对等的，权力如果发生了变化，权威迟早会发生变化。

从不同的观察角度，权力有很复杂的分类，如经济权力、政治权力（含军事权力）和文化权力（含宗教权力），每一大项还可以被细分。从基本类型上来讲，无非是以下几种：

一是法理权力。这种权力往往存在于正式组织之中，带有明显的强制性。权力的拥有者通过严格的程序获得权力，有正式职位，常常享有该正式组织的决策权和资源调配权，它的权威是不允许被挑战的，所谓"官大一级压死人"。在一个单位，谁的职位最高、权力最大，就能控制、统治、命令和影响其他人。

二是功利性权力。这是一种与强制性权力相反的权力，领导要下属听话卖命，最有效的办法就是威胁利诱，胡萝卜加大棒。如果说威胁和大棒更多见于法理权力，利诱和胡萝卜则在功利性权力中被普遍运用。这也就是为什么下级有时候要在上级面前溜须拍马、巴结逢迎的原因，因为上级将根据下级的表现予以行赏和奖励，让其得到好处和利益，这些好处和利益主要包括财富、升职、荣誉及权力（权力既可以作为手段，也可以作为目的）。

三是操纵性权力。操纵性权力并不是建立在公开的沟通基础之上，而是以更巧妙的方式全部或部分地让"被权力者"改变价值观。最典型的例子是传销活动中的讲师，通过不断地对传销人员进行"洗脑"，而让其态度被重造，并按照传销组织所希望的方式去作为。在这种情况下，你已经无须给予直接的威胁或奖励，因为他的思维方式已完全被你同化了。需要指出的是，操纵性权力主要是通过舆论工具和宣传工具来实现的，具有文化软实力的特征。

四是人格型权力。这是一种在各种非正式组织中的影响力，一些具有独特背景、人格魅力、知识技能的意见领袖和德艺（技）双馨的专家学者，往往是人格型权力的拥有者，他们并不一定占居官职，但其超凡的品质、个人魅力和启示力，能够给人强大的权威感，放大和扩展一个人的实际权力，足以影响他人，令他人追随。

最后是角色派定型权力。社会中，一些人会因职业分工而在临时性的人际关系中占据优势地位，如导演、主持人、交通警察、问责者、记者等等，他们通过拥有的指挥权、信息、技巧与角色安排，操控、俯视临时被其调动、掌控的其他角色。

既然权力的本质是对他人和资源的控制，使其最大限度地为我所用，那么，对权力的追逐便可以说是人们趋利避

拿得起放不下的人，
常常是孤独的，
他沉湎于过去，
而缺乏直面现实的勇气。

拿得起放不下的人，常常是孤独的，他沉湎于过去，而缺乏直面现实的勇气

青瓷
红油皂
作者
老浮白

2021元年10月日

害的一种本能，因为要么成为他人的控制者，要么被他人控制，除此之外，别无他途。正因为这样，所以有人说权力是最好的"催情剂"。

那么，怎样才能获得权力并让权力越来越大呢？

这是可以做一篇大文章的。

这篇文章早就有人做了，古今中外，早已浩如烟海。但我自己是写书的，对书上写的东西多少有点不以为然。我说的书专指所谓"正统"之书，那些有勇气喊出皇帝其实没有穿衣服的赤子之声的文章书籍，当属例外。以正式组织之中的法理权力为例，吴钩先生的著作《隐权力》也许算得上一本。他创设了一个概念，叫隐权力，与吴思先生创造的"潜规则"有异曲同工之妙，现将有关内容摘录、改写如下：

在君主专制框架下的官僚制度内，官僚通过制度性授权，获得正式权力。所以，正式权力的大小可以通过官阶、品秩、俸禄、职位等来综合衡量，并且从理论上说是固定的。在这种情况下，权力的获得必须依赖"组织部门"。"隐权力"则并非由科层结构设定，而是由人情关系创造出来的，一个人情关系网络就是一个重要的权力源，从中可以假借隐权力，壮大自己的实际权力值。需要指出的是，关系网络并不是隐权力的唯一源泉，个人的威望、社会动员力、私自窃取的造福或加害能力等等，都可以形成隐权力。隐权力的权值取决于个人在关系网络中的亲疏差序。隐权力系统的生成，使得公共权力的获得不再取决于制度的安排，而是看你是否有关系、有背景、有后台、有门道、有面子、有人情。隐权力与本人的官阶、品秩没有直接关系，同样的官位，在不同的人手里，所产生的隐权力可能是不一样的；同一个人，职位不变，但置身于不同的关系网络，所获得的隐权力也是不一样的。

在很多时候，隐权力甚至比正式权力更为管用。因为，隐权力既不受正式权力结构的层级限制，又可以随意越过正式权力的横向边界。隐权力自成体系，有自己的隐秘来源，有自己的权力地盘，有自己的传递管道，与正式权力系统相互嵌接，又各自为政，共同规划着官场的权力空间。

从获得权力的成本和产生的效益来看，隐权力似乎有更好的性价比。还有一点，在追求正式权力的过程中，完全可以采取追求隐权力的某些手段。

了解了隐权力的特征、产生的出处与方式，对怎样获得权力和隐权力，心里大概也有谱了吧。孟德斯鸠在

《论法的精神》一书中明确指出："一切有权力的人都容易滥用权力，它是万古不易的一条经验。有权力的人们使用权力一直到遇到界限的地方才休止。从事物的性质来说，要防止滥用权力，必须以权力约束权力。"

隐权力系统对正式权力既有约束力也有破坏力。吴钩先生说，隐权力主要依赖私人关系网络的维持，并沿着这个网络而随意流窜，完全不受正式权力结构与制度程序的约束。如果说，以前的正式权力是专断的，那么隐权力无疑更加专断。其后果是强化了人们对私人的效忠与信赖，而削弱了对制度与程序的忠诚与信任。

别把我当成教唆犯，因为，当人们学习怎样获得权力的时候，他们的对立面或后来者，也在学习怎样剥夺权力。权力的影响力有多大，权力的破坏力也就有多大，这是同一枚硬币的正反两面。

头上没几根毛的人，
理发时最挑剔。

论名声

一般来说，一个人的名声总是与一个人的品行、能力、成就有关，是人们对一个人的认识与评价。

名声具有趋同性，即所谓的众口一词、众口铄金、众目昭彰、众口交赞，是一种大家公认的东西。名声又具有相对的稳定性，人们对一个人的认识和评价一旦形成共识，如果不是出现跟原来的名声完全背道而驰的情况，便不会轻易改变。名声还具有很强的传播性，一个人在社会上生活，总是免不了说别人和被别人说，因为跟一个人交往，总得要想办法先了解他、评估他。最后，名声有大小、好坏之分：坏名声是每个人避之唯恐不及的，因为它是一种负资产，会让人远离与唾弃。好的名声则让人趋之若鹜，因为好的名声一旦形成，在相当长一段时间以内，它与人如影随形，可以成为这个人调配使用的重要资源，具有被用来交换其他资源的功能。所以，像权力、财富一样，好名声是一个人成功的重要标志，成为很多人生活的目的与手段。

这也是为什么每个人都喜欢听好话的原因。说一个人的好话就是在替这个人宣扬和传播他的好名声，类似于给他发奖金，能不让他欢眉喜眼、欢乐开怀吗？所以，会说甜言蜜语的人，总是人际关系很好的人，总是讨人喜欢、被人称道。唯一要注意的是要心存善念、态度真诚，不要溜须拍马、笑里藏刀，否则，就会落下口是心非、口蜜腹剑的坏名声，真有了这种名声，别人就会想方设法提防着你。

知名度和美誉度是名声的两种评价标准。

知名度就是被知晓程度。一方面，一个人被公众、行业、社群知晓的程度越高，名声越稳定；另外一方面，公众、行业、社群更容易相信知名度高的人，让其形成声望。

美誉度更多的则是公众、行业、社群对一个人品德与行为能力的心理认同与嘉许，表达的是一种愿向他看齐，愿与之亲近的情感诉求，正因为如此，具有美誉度的人便能轻而易举地获得更大的影响力和话语权。

名声具有叠加效应和增值功能。人们具有从众心理，总是习惯性地按照其他人的共识来给你定位，一个被多数人认可、推崇、敬仰、膜拜的人，更容易被其他人认可、推崇、敬仰、膜拜。如果最先表达认可、推崇、敬仰、膜拜的人本身层次就很高，名声也很大，情况更是如此，那会很快成为一种集体意识或集体无意识。剩下的人，如果不跟着那样做，会被认为不合群、落伍，会被视为另类。不合群的风险是很大的，很容易成为别人的攻击目标；落伍意味着有被社会淘汰、抛弃的潜在风险；另类则是主流之外的一种小众形态，容易曲高和寡，其实也算是一种名声，只不过要维系和增加这种名声需要付出更多、更高的成本。

名声不仅能够满足一个人的虚荣心和成就感，还能带来很实际的利益，因为你是一个为社会、公众、行业、社群熟悉、认可、推崇、敬仰、膜拜的人，别人便很容易给你礼遇、提供方便。同时，你的形象、意见、推荐、捧场，同样会给有求于你的人带来影响和好处。这不是名声的转移，而是名声的互相作用和良性循环。俗话说"花花轿子人抬人"，讲的其实就是这个意思。现代社会是各种资源互换频繁的社会，人无论是在物质生活还是在精神生活的层面，都需要互相帮助。我帮你，要么你以前帮过我，要么我指望以后你帮我。你帮我，要么我以前帮过你，要么你指望以后我帮你。人们或多或少都是客观上为别人，主观上为自己的。这种情况用到名声上，再通俗化或庸俗化一下，其实就是大家要互相搭台。

养得芭蕉听雨声。

养得芭
听雨声 庚子
蕉
漫石
步东

现在我们该谈谈怎样获得名声了。

说起来很简单，一是靠自己，二是靠别人。

先说靠自己。一般来说，名声都是靠自己挣来的，尤其是最开始的名声。我们说成名成家，是说从小立志，按照名和家的要求，发愤图强，不懈努力，吃得苦中苦方为人上人。用武侠成名过程来说，得先练好功夫才能闯荡江湖、打出名头。用梨园成名过程来说，台上三分钟台下十年功，也是必须先练好基本功，再找机会一炮而红成为台柱子、一代名伶。

有了名声更要靠自己。酒香不怕巷子深的观点早就落后过时了，自己的成就你不说别人怎么会知道？那还不是衣锦夜行？社会上的人容易先入为主，自己首先说，就是先发制人、先下手为强、先声夺人，这是一种先发效应，自己给自己先下定义，别人跟在后面人云亦云就可以了。但自己说有自己说的技巧，直统统地吹嘘，很可能给别人留下自鸣得意、自命不凡、自我表现、自我炫耀、自吹自擂的印象，那可是一种不好的名声。直接夸自己如何如何，别人很容易产生抵触情绪，会暗自考量你说的话有没有水分。与其这样，不如宣扬自己已经做了一些什么事，因为这是业绩，相对来说有据可查。再上一个层次，与其吹嘘自己多有本事，不如让人家知道你都拥有什么样的资源，特别是人脉资源。因为你做的事可能跟别人没有关系，但别人一般会很留意你都拥有一些什么样的社会关系，以及考虑自己是否具有通过你攀上这种社会关系的可能性。在形式上，与其自夸，不如他夸（即通过巧妙地转述别人对自己的赞赏，以树立自己的形象，最好的效果是夸完自己后再适度地谦虚一下）。

在公共场所露面，保持一定的媒体曝光率是传播、扩大名声的一种最直接的办法。以演艺圈为例，艺人的名声不只靠演技，还要靠经纪公司的炒作，这是一个自摆排场、自造声势的问题，谁策划得好，谁当红，谁将获得更多更好的机会，直到更红。这是一种良性循环。

如果名声再大点，就可以摆谱了。关于怎样摆谱余不讳先生有一部洋洋三十二万字的著作，书名就叫《摆谱》，读起来真是让人兴味盎然。相对于二线明星的炒作，那些已经取得稳定地位的一线明星，往往会反其道而行之，就是采用饥饿式营销，让别人惦记着你，轻易不出手，一出手就得把人雷了、震了，成为人们长久挂在嘴上的八卦新闻乃至所谓的文化事件。

余不讳先生说："作为一种资产，名声并非由个人完全独占，而是个人和公众共同拥有，具有与财富等其他资产不

朝后看，向前走。

同的属性与生长规律。妥善地管理名声，通过恰当的摆谱使之保值、增值，成为知名人士的一项重要任务。除了广告式的正面炫耀之外，'拒绝''要条件''神秘主义'等方式的逆向宣传也不可缺少。"

归根结底，一个人要维系和扩大名声，还是得看他的言论和行动是否一致，借用鲁迅先生的句式来说，炒作有术也有效，然而有限，所以，以此成大事者，古今未有。

名声有时候具有和尊严、荣誉类似的意思，看得重一点无可厚非。但一个人过分看重名声，往往容易为了口碑而牺牲真性情，其实是在为别人而活，在这种情况下，名声不再是名声，很可能成为一种累赘。

性越多越安全吗

"没错，艾滋病是大自然对于我们能够容忍不正当的性行为和社会大众对性关系不负责任的惩罚。不过，这一疾患也是我们实行一夫一妻制，秉守贞洁和采取其他极端性保守行为所付出的代价。"

说上面这番话的不是我，是一个叫史蒂文·兰兹柏格的美国佬，他写了一本书，名字很雷人，就叫《性越多越安全》，不过，这本书绝大部分内容谈的不是性，而是颠覆传统的反常经济学。据推荐者——《吃掉有钱人》的作者P.J.奥鲁尔克说，经济学研究的不是货币，而是价值观。价值观决定我们生活中的一切。

那我们就谈谈价值观吧。让我们从人的本性谈起。

子曰"食色性也"。现代生物学知识也告诉我们，在进化中，不管男的女的都倾向于从短期性关系中受益，所谓受益就是为后代获得更优秀的基因。换句话说，男的女的其实都是好色的。

这个结论是很科学很严肃的，并非为随意的性行为辩护。

这可以解释为什么成功的政治家、商人、艺术家往往都是一些性欲旺盛的人，一个人在社会生活上的影响力，往往是其想扩散自己优秀基因的一种折射表现。

从另外一个方面来说，好色的人往往是幼年生活不尽如人意的人，研究表明，当孩童成长的环境充满压力和不可预知的变化，如父亲长期缺席或父母婚姻不和，在这种家庭长大的女孩子，对性会更随便，因为她很难从一个固定的伴侣身上获得安全感，也没有信心为建立一段稳定的长期关系而徒劳地等下去。

男性对待性随便的理由更多，比如说压力、狂热和焦虑感，当然还有征服欲、掌控欲和统治欲。而最基本的背后根源是，具有这种情绪或精神状态的男人，往往是睾丸激素水平相对较高的男人。

从中可以推断出一个结论，性多的人不一定是最幸福的人。

至于是否更安全，其实很难说，结论可能是肯定的，也可能是否定的。这个问题必须辩证地看。对此，史蒂文·兰三个人，两颗樱桃。

兹柏格在《性越多越安全》中有很多精彩的描述，也有貌似很严谨的逻辑推理。现随便节选一两段，他说："对于经济学家而言，有一点是显而易见的：那些过去性伙伴比较少的人现在的性经历也会比较简单，因为他们的价值被低估了。如果性取向较为保守的人能够告诉大家自己的过去，那么想要避免染上艾滋病的异性肯定会对他们大献殷勤。但是，这样的情况并不常见，因为你很难区分出哪些人的性取向相对保守。因为告知别人自己的性取向并不能得到太多的欣赏，因此，他们就没有告诉太多人自己性取向的迫切愿望。当你去寻找一个新的性伙伴时，你就要承担一定的成本，也会有一些收获，这是你自己的事。同样，你也会给别人带去成本和收益，这是别人的事。如果你过去荒淫无度，那么对别人而言，你给别人带来的成本就大于收益。每个人都在大湖里面寻找自己的美人鱼，但如果你是个花花太岁，那么你一游进这个大湖，湖水就会被你弄浑浊了。"

这几个月，金融海啸让很多人失业了，有了更大的压力也有了更多的时间，是不是必然有了更多的性？

这说明，性从来不仅仅是两个人的事。它更多的是个经济问题和社会问题，因此它真的不那么简单。

其实，对于成年人来说，有禁忌就会有勇于闯禁区的人。

　　如果一个人毫无禁忌，他确实可以随"性"，但很多问题可能会接踵而至。而当人可以随性而为或不为的时候，证明他起码有了自律，而自律可能是一种伟大的力量。

问心

怀着成龙的梦想，
有的成了宠物，
有的成了食物。

小时候自己调皮捣蛋，一天不打，上房揭瓦。长大后就想儿子规规矩矩，整天就想怎样学好数理化。

我的忏悔

不知道从什么时候开始，在他们面前，我很少开怀大笑，我总是沉默寡言，我没有听他们好好说一句话的耐心。如果他们说的话不对我的口味，我会很不耐烦地打断他们。那种时候，他们并不知道怎么又错了，又不敢问，只好拿惶惑的眼神偷觑着我。

我住河西，他们住河东。隔两三天，我会到他们那儿去吃一顿饭，饭如果还没做好，我会先看报纸，吃完饭，我会把没看完的报纸看完，然后说声"走了"，就真的走了。几十分钟里，我可能说不到两句话。

他们不是别人，是我的父母。

别以为我跟他们有仇，或者存有一丝一毫的怨恨，没有。

恰恰相反，我其实心里是一直牵挂着、惦念着他们的。从小到大，我心里的誓言中就有一部分是为他们而发的。我发誓，我要好好读书，要好好工作，要让他们过上好日子……

基本上，我也是这样做的。

但不知道从什么时候开始，我和他们在一起时表现得形同陌路，我视他们为空气。

我不知道怎么会这样。

我这副德行并不是因为我混得不好，要把气撒在他们身上。不是的，我对社会给我的回报（包括在看守所待的三百多天）均充满感激，我不是一个怨天尤人的人。

我那样做也并非天生腼腆羞于表达，或是一种惜言如金的习惯。不是的，我自认为还算是一个性格开朗的人，跟朋友们在一起，大笑、打打闹闹、率性而为，我都会。

但我不知道面对自己的父母时，为什么非要表现得那么冷漠冷酷。我会给他们送钱买东西，可是，却似乎总是羞于嘘寒问暖，我甚至极少张口叫他们。如果外人看到我和他们相处的样子，说不定会以为他们一辈子欠了我的。

我想，或者说我知道，他们是希望看到一个有说有笑的儿子的，他们或许没有能力介入我的生活，但想知道我到底生活得怎么样。

妈妈尚处在脑出血的恢复期，当我为她夹菜时，那顿饭她会吃得特别香，如果我的脸不是绷得像糨糊糊出来似的，她甚至会一直笑眯眯地望着我，直到我回望她，她才羞涩地别过脸去。

爸爸也是这样，应该说他对子女也是无私奉献的。几年前我在看守所里待着，是他用美丽的谎言骗过了身体不好的母亲，免除了她对我的担心。从"里面"出来，我深切地感受到了什么是世态炎凉，为了东山再起，我甚至花掉了他几乎所有的退休工资。现在情况好了，我却吝啬于和他的交流。而他似乎总是奢望着这样的机会，以至于我偶尔跟他搭几句话，他竟然会高兴得像个孩子，精神会一下子好许多。

他们都是七十多岁的老人了，说句不该说的话，说不定什么时候就会从这个世界永远消失。一想到这一点，我就觉得自己是个不可饶恕的逆子。

我女儿正在上大二，我对她是很牵挂的，老是忍不住直接或间接地对她提出希望和要求，有时候要花很大的力气才能忍住不让自己当长舌妇。但是就像我没有给父母足够的慰藉与关怀一样，我估计，在她心目中，我可能也不是一个具有亲和力，可以像朋友一样敞开胸怀的父亲，甚至，有可能更糟糕。

我儿子正在牙牙学语，小家伙的每一点进步都让我万分惊喜。他突然心血来潮画了一张大画，里面大大小小、长着两条腿的圆圈，是他全部的亲人。我知道，我将倾注全部的心血，把他抚养成人，一如我的父母当年对于我的抚养。我还知道，也许我儿子长到我这个年龄，我可能早就离开了这个世界。

我更知道，也许我长到我父母亲现在这个年龄，他们也可能早就离开了这个世界。写上面的文字不是一种心血来潮。今天是我的生日，我以自己的忏悔表达对父母的感激，默默地。

而对女儿和儿子，我还会继续表达出对他们的爱，即使有一天他们认为我已经很啰唆，我可能仍然不会停止。可是，可是，我对父母的爱，我却仍然没有勇气说出来。

我不知道我是否会有所改变，但这不要紧，因为，即使上帝不会原谅我，我的父母也会。

从作家到卖酒郎

在很多人眼里，我是一个不务正业的人，一会儿做生意，一会儿当作家，一会儿搞电影、电视，一会儿当画家，还有一阵子想重当老板，居然做 IT 创业，结果输得内裤打补丁。

如果说上述种种还可以被我自己美其名曰具有"旷世之跨界才华"与具有"改变某领域游戏规则的情怀"的话，令人大跌眼镜的是，我居然会开始卖酒。

俗话说，世间三般苦，打铁、卖酒、磨豆腐。在世人眼里，做酒属体力劳动，而卖酒，则不折不扣属于贩夫走卒，不仅社会地位低下，简直无异于拿自己的胃向肉食者讨生活。这不是斯文扫地，丢了文人的脸吗？

我们不讨论当今社会的文人还有没有脸的问题，因为在我之前，已经有不少名头响亮的文人学者开始卖酒了，我不能说他们不要脸，我也不能说自己只是在学他们不要脸。

明代画家李士达曾画驼图，上方有钱允治诗云：世上原来无直人。浮石曰：身形弯与直，一看便知。品行正与直，则应听其言而观其行，说谎办事，屁股坐到哪一边。

哪一边 庚子秋 浮石书

明代画家李士达曾
画三驼图，上方有
钱允治诗云：世上
原来无直人。浮
石曰：身形弯与
直，一看便知。
品行正与直，则应
听其言而观其行，
说话办事，屁股坐
到哪一边。

要说卖酒就是不要脸，我可以理直气壮地说我是当今所有文人学者的领路人。我这可不是酒后吹牛，我可以拿《青瓷》作为我的呈堂供词。

首先，我做酒卖酒的想法远在二〇〇三年写作《青瓷》之前就有了。那时我的"成功拍卖"公司做得风生水起，拍卖成功的就有万代广场、凤凰大厦和冠亚学校。

在那年的全国糖酒会上，我们公司还成功拍出了黄永玉签名的一只酒鬼酒酒瓶，一瓶二十年的茅台。但"张家界""金鞭溪"等四个系列商标都流拍了。

那时我已身价千万，一位酒业大佬鼓励我，何不把那四个商标收了做一款酒，也许用不了一年，你可以再赚一千万乃至上亿。

我很快就被忽悠了，立马买下那一系列商标，并在张家界注册酒类公司，直到年底，我被卷入吴振汉系列案，锒铛入狱。

在看守所，我写的第一批文字不是《青瓷》，而是怎样做酒、怎样销酒的商业计划书，那时我压根儿没有想到命运早已安排好，我要在"里面"待三百〇六天，要写出《青瓷》《皂香》的初稿，要完成从商人到全国畅销书作家的华丽转身。

《青瓷》中的男一号张仲平是不喝酒的，这正是我个人的真实写照。《青瓷》中的另一个大老板叫胡海洋，正是我想要成为的人物。他做了一款叫"擎天柱"的保健酒，还做了一个以酒为主题的房地产项目（我想请人考证一下，我算不算风行至今的"中国特色小镇"的先行者）。

书中自然还有数不胜数的以酒为元素的线索、桥段，有心的朋友可以再去读《青瓷》，再去看王志文、张国立主演的《青瓷》电视连续剧。

我因《青瓷》成名之后，几乎成了道德模范，很多想干的坏事都不敢干了。但骨子里血液里，咆哮着、挣扎着想干的事拼命压抑着，时间久了是要出毛病的。

比如说喝酒，我年轻时是喝酒的，也曾对酒当歌，也曾酒后乱舞。一则关于我在湘潭大学当人事科长时因为醉酒而影响校长办公会召开的故事，流传至今。

我是后来下海以后戒酒的，因为我觉得靠酒攻下来的关是风险极大的，不如树立自己稳健、牢靠、有能力的商人形象，更能获得"衣食父母"的信任。

现在，我不做求人曲通款项的生意了，我还要戒什么酒？曹操不喝酒还叫曹操吗？李白不喝酒还是李白吗？杨贵妃不喝酒能够美名传千古吗？

人说世间三般苦：
打铁、卖酒、磨豆腐。
我笑卖酒何来苦，
多少文章醉里谱。

人说世间
三般苦
打铁
卖酒
磨豆腐
我笑
卖酒何来苦
多少文章
醉里谱
庚子浮石

开酒戒容易，但是，谁能保证你永远喝得起真酒？谁能保证你一次也不会喝到假酒？除非自己先做酒。

一个行将衰老的生命需要用酒去点燃与激发。我是一个爱折腾自己的人，与其在岁月静好中终老，不如如烟花在爆发中云散。我冥冥之中预感到，做酒、卖酒是我的一种使命。

我不仅要让自己喝到真酒、好酒、适合自己的酒，我还要让我的亲人与朋友、我爱的人与爱我的人，都能喝到真酒、好酒、适合自己的酒。这话，你信吗？

艺术价值更应该取决于思想与情感

我没有研究过艺术史，但我一直孤陋寡闻而固执地认为，单从进入门槛来说，所有的艺术都是门槛很低乃至于没有门槛的，不管是唱歌、画画、舞蹈或别的艺术。在原始人那里，艺术不是一种活计，不是一种混饭吃的手段，而是一种表达欢乐与痛苦的基本方式，一种享受闲暇时光的基本方式，一种探索自然与他人和世界交流的基本方式。

我猜想，那时的绘画，最主要的功能是其实用性，标示物体、警示危险什么的，用来帮助族群趋利避害。比如说，哪些季节会出现什么状况，哪些植物是可以吃的，哪些动物是可以捕捉的，哪些猛兽和自然灾害不仅不能惹还得想办法尽快避开等等。

人类文明发展到距今数千年及几百年的时候，对于一个读书人来说，必须集琴棋书画、诗词歌赋于一身，因为这些都是文人的基本功，不能偏科。而文墨不通的贩夫走卒、农

志当存高远
钓鱼用长线

戊戌夏
梁岩画
于北京

志当存高远，
钓鱼用长线。

人渔夫，更是天生的歌唱家与舞蹈家，情绪上来了便会想唱就唱，跳他个天昏地暗。无论庙堂或江湖，除了各种匠人，艺术很少直接用来养家糊口，更多的是用来直抒情怀、言志、表达喜怒哀乐、发牢骚或发泄各种说不清道不明的压抑与紧张情绪。换一种说法，过去年代的人们，似乎拥有更多方位、更多机会和更加直接的方式与世界对话的路径。

反观现在，人们削尖脑袋追求各种头衔、制造各种光环、结交各种朋友圈，挖掘开发人脉资源，似乎就一个目的——把自己卖个好价钱。

当艺术品沦为纯粹的商品、当艺术家沦为纯粹的商人，我认为是大有问题的，但并非十恶不赦。古人、原始人的趋利避害，就是现在人们感受到的生存压力与发展诱惑。

问题不在于艺术品不可以成为商品，艺术家不可以成为商人。而是说，一旦当艺术品与商品，艺术家与商人之间的边界模糊，艺术的价值将大打折扣。

以我对中国书画界有限的了解，我认为其实已经出了大问题。人们一说到某某画家，最关心的就是他的画值多少钱。据说三流的画家一年可以营收达一千五百万元。以平均售价两万元左右计算，他一年可以卖出去七百多幅。这个行当里还有更大的"老虎"，他们通过大量制造、复制垃圾作品去坑去骗，金额动辄以亿计。有的画家甚至连笔都懒得动了，嫌流水作业太慢，而是自己到市场上去买自己的高仿画，然后回家署名、盖印，再卖。

你说这种人是艺术家还是商人？我看是这两个名誉都被他玷污了。

艺术的生命在于鲜活的个性，而个性中最能体现个体差异的，从最基本的内核上来讲，便是思想与情感。思想与情感，又和艺术家认识社会与人性、感知生活与生命血肉相关。我们要问的是，像上面那种方式弄出来的作品，有画家一丝一毫的思想结晶吗？有画家一丝一毫的情感投入吗？

如果没有，它如何成其为艺术品？它又当如何不愧对高高在上的价格？

如果这种情况不改变，艺术品市场便很容易继续沦落为名利场和骗子与傻瓜的赌场。

其实，思想是人人都有的东西与能力，它的价值在于自由与个性。一个人的思想与是否进行过哲学思辨训练无必然关系，却和这个人的社会阅历与生活态度息息相关。情感也是人人都有的东西与能力，它的价值在于是否真实与丰沛。一个人的情感不是通过虚张声势、剑拔弩张的作秀体现出来的，而是一种能够令他人感同身受、被感染、被触动、被征

我能想到的最浪漫的事，就是和你在一起永远不变老 辛丑仲春 潭石

我能想到的最
浪漫的事，就
是和你在一起
永远不变老。

服的性情流露。

因此，我个人的艺术追求是——在独特思想指导下的有感而发，尽量寻找一条与社会、人性、他人沟通的简捷路径。既不故做高深，也不为赋新词强说愁。像我的小说选择口语化的表达一样，我希望我的绘画，达到与观众平行的高度，以便与他们平等地、没有极限地沟通与互动。它不应该有高高在上的"端装"与死板，而应该是亲和的、拉家常式的、令人莞尔一笑的，至于观众是否能够得到启迪与激励，则完全取决于他本人的审美层次、趣味、心境。

生存可以不要艺术，但生活要。因此，艺术感知不是一个人安身立命不可或缺的能力，但是，要把握社会的复杂性和不确定性，要使自己的生命丰富多彩，灿若晨曦，我们每个人都需要好好呵护与培养也许是与生俱来的艺术创造能力与艺术感知能力。

考虑到我们的书画艺术市场已经被各种艺术领域的"地沟油""化学添加剂"伤害不轻，我决定采用画"话"的方式进入。或者更准确地说，不是进入而是存在。因为在我看来，一个懂得生命意义的人，艺术与生活是边界模糊的，既不能为了生活而艺术，也不能为了艺术而生活。它们是一个不能人为割裂的有机体，否则，到顶了，也就一匠人或商人。

写小说时，我把自己定位为讲故事的人。画画时，我把自己定位为讲段子的人。我没有资格教导、劝导、激励、开示他人，但我有一个把我要说的话，讲得绘声绘色的企图与梦想。当我有了一个思想的火花之后，我就想用最直接的、最通俗易懂的、最生动有趣的文字把它画出来，我的画或者说话，不仅指文字，还指来源于中国传统绘画的水墨语言，用我有限的技法手段，呈现整个语境与意境，而这一切手段都是服务于我的思想与情感的，以便于我和这个世界的沟通与交谈。

　　这是我为自己的画室取名"绘话堂"的原因。

在同一水塘里，
男人看到的是鱼，
女人看到的是
自己。

我的绘画野心

孩子是天生的艺术家，几乎每一个新生的孩子都会以一颗赤子之心去感知世界、表达自己。而始终拥有一颗赤子之心，勇于坦诚地表达自己，正是成为一个货真价实的艺术家的基本前提。在此前提之下，如果能有幸遇到一两位艺术的启蒙老师，那么这个世界的大门将会为他们打开得更加精彩，充满奇趣。

我是幸运的，因为这样的启蒙老师我接连遇到了三位。

第一位是我的外婆。外婆是一个普通的农村妇女，普通之外的与众不同是，她总是把自己和屋子收拾得干净、利索，总是在我们家的墙壁上贴满年画或从画报上撕下来的时尚照片（那些画报都是当时在县城工作的父亲带回来的）。我猜想，在当时的乡下，我们家是有着美术馆式的艺术氛围的。外婆读过解放初期的夜校，会讲年画和画报里的故事，本来被选上了当村里的妇女主任，却被她婉拒了。她的毛笔字写得好，老家柜门里贴着的那张鲁迅先生的海报至今还在，海报空白的地方是外婆用毛笔记下的我和我妹妹的生辰八字，在我看来，她的字是比时下很多中国书协会员的字要好上很多的。

　　我的第二位艺术启蒙老师是县城里的一位小姐姐，她当时的工作是农村露天电影放映员。她具体长什么样我已经完全忘记了，但应该是很甜很美的，因为她每次来我们大队放电影，不仅吃住都在我家里，而且每次都会送给我礼物，那是几张放电影之前放的小幻灯片。对于一个不到十岁的孩子来说，得到这份礼物的喜悦，绝对超过了逢年过节才能偶尔吃得上的饼干糖果，等于很甜很美的小姐姐给我带来了一个天堂般的梦幻世界。我就是从那个时候开始喜欢上画画的。幻灯片上的小人是我最开始的临摹对象，我画工人、农民、解放军。慢慢地，我开始画我当时正在过着的生活：如水塘里捉到的鱼或青蛙，北湖里簇立的荷花和莲蓬，自家的狗或屋檐下的燕子等等。等到下次小姐姐再来，我会把我的作品拿给她看。我还记得她一边看画一边伸出一只柔软的手揉我脑袋瓜的情景。那一刹那，我心跳加速，只觉得满屋子都是光，人生第一次知道了什么叫一股暖流涌上心头，我真是幸福得要哭了、要死了。

我的第三位艺术启蒙老师姓张。据说他在大学时学的专业是物理，在县一中教物理和体育。后来下放到我们公社的小学，几乎所有的课程都是他一个人教，还用业余时间教我画画。那是一九七四年，我十二岁。大队和公社要搞"批林批孔"的漫画展，这便成了能写会画的张老师的政治任务，作为他的学生，我也跟着一起拿起了画笔。真是初生牛犊不怕虎，"工农兵"不好画，由张老师来完成。画林彪和"孔老二"却不难，直接把他们往丑里画就可以了，所以我的任务很轻松就完成了。展览墙是由扮禾晒谷的芦苇席子做的，一张连着一张地固定在木头支架上，连成一堵长长的漫画墙。我的画和张老师的画混在一起展出，居然没有被据说有着雪亮眼睛的贫下中农社员同志们认出来，我心里的那份得意，真是让我飘飘然了好长一段时间。

　　一九七七年恢复高考时我已经进入县一中读书了，其间父亲帮我找县文化馆的老师教过我速写与素描。那时，我每天坚持到医院门诊部或菜市场这种人多的地方去画速写，还生拉硬拽地拉着我同学做模特儿让我画素描，一坐就是一两个小时。而在这之前，下放到公社教书的张老师已经回到了县一中，重新开始教物理并且不再兼任体育老师。但凡县里有大型的美术宣传活动，还是会请他亲自出马，他也仍旧会带上我一起去给他下打手。当年挂在县十字街头新华书店外墙上的宣传画就是我跟他的集体创作，那是一幅"雷锋同志学毛主席著作"的大型宣传画，足有两层楼高。张老师负责画雷锋的眼睛、鼻子和嘴巴，我负责画雷锋的手和手里的毛主席著作。热闹的十字街头车来人往，每天有多少人欣赏到我和张老师的作品呀！想一想真是令人兴奋得睡不着觉。为了画画，我是付出了代价的。那时学校里已经开始正规上课搞学习了，我则还有一年就要高考。请假画画不上课的结果，是化学考试得了两分，而原来还当着的数学课代表，也很快被免了职。

我毫不在乎，考美院当画家不仅是我的梦想，而且成了一种执念。直到父亲一盆冷水从头至尾把我浇醒。他说我让你学画是怕你没事去学坏，并没有指望让你去当画家。你跟我掰着手指头算算，说说从一九四九年到现在，全国八大美院的毕业生县里有几个？告诉你吧，一个都没有！然后他带我去几个从小学开始一直学素描、水彩、油画的美术生家里参观，参观完他们比我强十倍、百倍的作品后直接问我：县里如果真能出第一个学美术的大学生，你觉得是你还是他们？

我必须承认，知子莫若父。父亲的精准打击，稳而狠。

同样的世界，
不一样的看法。

我不得不放下画笔，开始拼命学语文、数学、政治、历史、地理，终于在复读一年后，考上了湘潭大学哲学系。

我当画家的梦想，直到十几年以后才重新燃起来，那时我已经结婚生女，女儿一岁多的时候开始接触纸和笔，她用铅笔在纸上随手画了一个圈圈，竟令我惊喜异常，因为无论我左看右看，都觉得她画的像是一只老鼠，那么栩栩如生、呆萌可爱。那一瞬间我便下定决心，我要做一个比我的父亲好得多的父亲——我要让我的孩子成为画家。

我知道画画要从娃娃抓起，女儿上幼儿园的时候已经随我移居到了海南，我帮她在海南师范大学艺术系请了国画老师。我甚至让我自己的职业生涯均围绕着她的未来而设计。彼时，我拿了一间一百多平米的黄金门面做画廊，结果经营惨淡，甚至还有不少人把画廊当发廊，问我们这里有没有小姐，真是让人哭笑不得。那时的海南被称为文化艺术沙漠，经济发展却势如破竹，艺术品更多地成了当时爆发户们商业互通的一种工具，这使得艺术品拍卖市场异常火爆。我因此进入海南的艺术品拍卖行业，并从此与之结下不解之缘。然而，我在事业上与艺术的结缘，却并没有实现"让我的孩子成为画家"的心愿。总之，经过二十多年的有心栽花，我的女儿终于被我无心插柳地培养成了一个青年作家兼话剧编剧与导演。

事与愿违的现实在两代人身上重演，却并没有让我艺术的梦想就此熄灭。

《青瓷》出版发行后我一夜之间成了社会名人，慢慢开始有人请我去采风、做笔会。印象最深刻的一次是去邻省的某知名酒厂参观。有一个节目是请大家为企业题词。同行的王跃文和黄晓阳两位是练家子，字写得好，自然获得一片叫好。轮到我的时候，不容推脱，也无法推脱（人家请我们是预先付了润笔费的），只能边写边做挥毫泼墨的潇洒状，也赢得一片喝彩。但自己都听得出来，那纯属出于礼节与礼貌。

那次采风让我受了刺激，回家后便开始发神经似的拼命练字，有时半夜起来撒尿，都要顺便写上几个字。不是我太刻苦，而是我预感到像这样的采风活动今后会越来越多，如果不暗地里下苦功夫，只怕还会丢人现眼。其实书法和绘画是需要童子功的，现在半路发奋，竟越写越不敢下笔，心中一边满是对颜真卿、欧阳询、王羲之等大家的膜拜，一边满是对自己是否能练出来的绝望。

中国书法的博大精深，想讨巧速成走捷径几无可能。古代文人，字是考功名的敲门砖，考官根本不相信一个连字都写不好的人，能写出什么锦绣文章。日常的信函往来，字更是唯一载体，就像拳不离手的拳师一样。所以，那时的文人同时就是书法家。不像现在，作家的字拿不出手，书画家基本上没什么文学素养与思考能力。我一边练字一边想起已经过世的外婆，怪她为什么没有让我把写字的童子功坚持练下来。这对已经仙逝的外婆是大不敬的。我接着又想起，王跃文和黄晓阳两位好友都是不画画的，我为什么非得在他俩屁股后面使劲追赶而不重拾画笔呢？用商业术语来说，我完全可以选择不同的赛道。

人到中年复又开始重燃儿时的梦，真的就如老屋子着火没得救。我很快就放弃了与某影视公司达成的做电视剧《青瓷》（二）的意向，买笔买纸买颜料，并以极快的速度把新买的一套房子整成了画室。

我是一个能够把理性与感性结合得比较好的人。换句话说，我是一个习惯了凡事像商人一样去思考投入产出比的人。从一开始，我的目的便不仅是为了满足兴趣爱好，而是同时对画画有了商业诉求。我像做商业项目可行性分析一样冷静地权衡了利弊。首先，我对自己的劣势与短板非常清楚：虽然长期从事艺术品拍卖，使我对书画艺术品有了较高的赏鉴能力，但毕竟没有经历过系统而扎实的美术训练，水

强者饶恕，
智者谦让。

墨技法与科班出身的职业画家还是有差距的，这决定了我不能与职业画家正面交锋。而我的优势在于我的哲学功底与文学表达能力，更重要的是，我对这个社会、世界、他人都有话可说。我认为真正的书画艺术家不应该只是通过技法的炫耀，让自己的作品以一种装饰画的面目取悦于人，而是必须通过美术语言表达自己的思想和情感。试想一下，如果一幅画里不仅有智慧通透的哲学思考，又有精练趣味的文学表达，还有妙趣横生、雅俗共赏的画面，这样图文并茂的独特的呈现方式，将会是一种怎样的气象？！

无比幸运，我的思考很快便从两位湖南老乡的画作中找到了印证。这两位老乡一个是齐白石，一个是黄永玉。他们虽然都不是科班出身，但通过孜孜不倦地探索与技法变革，都找到了自己独特的绘画语言。在此基础上，更是通过在题款上的别出新裁，使自己的创作有了"齐家样"和"黄家样"。齐白石或用自撰的诗文或用对作画前所发生的故事的简短记录，黄永玉或用湖南湘西的俚语或用自己创作的古灵精怪、调皮幽默的段子，均使他们的作品具有了勃发的生命朝气、别具一格的风貌与大俗大雅的艺术魅力。

当我如此这般像商人一样思考过之后，我的画风便有了可循的方向，并逐渐定格成了我想要的风格。像我的小说我的影视作品一样，它应该有一种直抵心灵、介入社会、思考人生的混沌力量，不再是简单的绘画，而应该是一种思想、文学与中国画笔墨的综合体。它不是高高在上的"装"，也不是对低级趣味的迎合。它的思想性是生活化的，它的文学性是口语化的，它的中国画笔墨是漫画化的。简单地说，我在小说与影视创作能力之外，寻找与培养一种用水墨段子与世界、与自己对话的方式，它也能像我的小说与影视作品一样为读者接受与喜爱，我称这种主题先行、精心构建的作品为"浮石绘话"。完全没有想到或者完全在意料之中，我为此努力，并用这个名称冠之的几乎所有作品，竟在一夜之间为我原来的粉丝们与更多的非粉丝们所接纳与喜爱，他们乐观其成、津津乐道、为我传播，同时给予我更高的要求与更大的期许，使我感到又幸运又幸福。

现在，我把自己百分之七十以上的时间、精力、思想、情感都用在了画画上。这既是因为内心深处时时不期而至的表达欲望，也是因为不能辜负我的读者、观众、收藏家的期待而产生的压力。除了兼顾生意，我几乎没有业余生活，包括拒绝加入任何一个级别的美术家协会，混所谓的书画家圈子。是的，我不混圈子，甚至拒绝圈子来混我。我有几个书画界的良师益友，但整体上来说，我打心眼里

走过千山万水，
历经人间沧桑，
最美的风景就在
你微笑的脸上。

看不起两种人：一种是那种不把自己的作品当商品，拉不下面子卖画而对别人的作品视之如敝屣的穷酸文人；一种是那种一门心思只想着被人包养与豢养、靠拉关系往上爬到体制内的高位，然后用位置换钞票的所谓大师。我跟他们不是一路人。

　　我当然想卖画，但是，我更想尽可能纯粹地与自己的心灵对话，与这个世界对话，我相信，自己的作品终于有一天会以其作品本身的思想性、文学性和艺术性打动人。

对话浮石

不是因为爱笑而有
了慈悲心，而是因
为有了慈悲之心而
能众生平等地看待
一切人和事，永远
释怀、宽容与亲切。

伟大源于坚持，
你若面壁十年，
一样能成高山。

肖友惠对话浮石

问：浮石先生你好，我们知道你的本名叫胡刚，是我校七九级哲学班的学生，八三年毕业后留在学校人事处工作，曾担任人事科科长，九二年下海经商至今。二〇〇六年你的长篇小说处女作《青瓷》一纸风行，被称为"浮石现象"，让政商两届人士读了又读，更是让许多初涉社会的大学毕业生们奉为官场、商场、情场教科书，《青瓷》被评为二〇〇六年度全国优秀畅销书，全国十佳优秀经营管理类图书，并即将在韩国、越南翻译出版，日本、印度、土耳其的版权也在积极洽谈之中。该书的影视版权曾受到数十家影视公司争抢并最终以一百万元成交，你本人的坎坷经历也曾经被人津津乐道。就是最近，我们找你也找得很辛苦，不知道你的地址，好不容易弄到你的手机号码，得到的却是提示音：您所拨叫的用户因欠费已停机。说真的，我们一度又对你的前途命运担心起来。现在，能否借助这次机会先谈谈你的近况和跟《青瓷》有关的一些事情？

答：感谢湘大（"湘潭大学"简称）校友对我的关心。很多人都已经知道了，我曾经在省会长沙把一家拍卖公司经营得风生水起，也曾经因为涉嫌行贿被羁押过三百〇六天，《青瓷》就是在那段最黑暗的日子里写的。所幸的是，那段生活已经彻底过去。现在的我，已经不是在湘大求学、工作时的我，也不是在商场中摸爬滚打的我，而是一个经历过冰火两重天的人，一个因为对人对事有了完全不同的领悟与认识而进入第二春的人。一个人不可能两次踏进同一条河流，我也会努力不以同样的姿势摔倒在同一个地方，哪怕那会让我再写十部比《青瓷》更畅销的作品。你们未能及时找到我，不过是因为我换了手机号码而已，而且你们忘了给我发邮件，总之，其中没有任何类似于小说中的悬念。

我很珍惜这次与湘大校友交流的机会，对于你们的提问，我会尽量老老实实地"交代"。

我最近忙的事情跟《青瓷》和即将出版的第二部长篇小说《红袖》有关。

先说《青瓷》。影视改编权早在图书刚出来不到两个月的时候就卖掉了，计划拍成三十集电视连续剧，男一号初定为陈道明，已和导演一起上门到他家里跟他交换过意见。迟迟未能启动的原因出在编剧身上，因为按照影视公司和导演的要求，改出来的剧本必须尽可能保持小说中生活的质感，还要砍掉部分内容，其中的技术难度可想而知。顺便说一下，那个编剧是我自己。动手写这篇稿子之前刚跟导演通过电话，他给我完成编剧工作的最后期限是明年五月份。也就是说，如果一切顺利，拍摄半年，剪辑加报批半年，大概要在二○○九年五月，全国人民才能在电视里看到一个叫张仲平的男人成天怎样拉关系、搞"三陪"，像一条鱼似的在权贵中游弋，怎样在三个女人之间踩钢丝、玩平衡。

话剧《青瓷》已由湖南省话剧团排练完成，已被打上反腐大戏的标签。"手莫伸，伸手即被捉""纸包不住火"这些永恒的生活真谛，在小说中仅仅隐约闪现，在话剧中则贯穿始终，将给观众带来全新的视听享受和心灵的震撼。从十一月份开始准备在全国进行商业巡演，招商推广工作由我来做，对我来说这是一项全新的工作，意味着我从此将进入以前完全陌生的文化演出市场。顺便做做广告：全国各地喜欢小说《青瓷》的校友，希望也能为话剧《青瓷》捧捧场。

最后说一下，《青瓷》的出版与畅销还要感谢两个人，一个是湖南文艺出版社社长刘清华，一个是责任编辑汤亚竹，他们两个都是湘大中文系的毕业生。

再说说《红袖》。从某种程度上来说，《红袖》是赌气之作。《青瓷》畅销之后有一种论调，说我沾了生活积累的光，言下之意，似乎我的文学功底和后劲不行，这就让我很不服气。我想，我是湘大毕业的我怕谁？于是挥笔疾书，到现在已经写到了三十七八万字，跟《青瓷》定稿时的字数差不多。有意思的是，才写了不到十万字的时候，各出版社就已开始了版权之争，而且都是顶级出版社，首印有开到八万的，也有开到十五万的，版税最高已到了百分之十四，已和顶流学术明星持平。我现在还没有最后确定给哪家，我的小算盘是希望在版税上超过那些学术明星，因为他们不过是讲了讲历史上的故事，谈了谈学习古代圣贤的心得体会，而小说创作则纯粹是一种创造性的脑力劳动，理应获得更丰厚的回报。

《红袖》的杂志首发交给了《芙蓉》，将分三期发表，今年的第五期发了十几万字，反响强烈。其实写得最好的是中部和下部，特别是下部，因为下部还没写完哩。

人脉，裙带经济，社会变革时期的两性及家庭关系，庞大的国有资产怎样被蚕食、被化解为无形，而在人生与社会的舞台上轻歌曼舞的，是一个比一个美丽、年轻、聪慧、睿智、厉害的女性，这样的女性不是一个两个，而是将近十个，这本叫《红袖》的书会不会很好看？

关于《红袖》的电视、电影、话剧、广播剧版权的转让或合作，我已经有一些初步的想法，同样欢迎湘大校友垂询。

我对社会、人生、艺术的想法，在接受聂茂教授的访谈时已有比较完整的表述，该文同样发表于《芙蓉》第五期，限于篇幅，就不在这里说了吧。

问：我们为你在文学领域的成就感到高兴。大学学习、毕业留校，从一九七九年到一九九二年，算起来你在湘大一共生活了十三个年头，这是一个人生命中最宝贵最黄金的一段岁月，你在这里结婚生子，仕途也很被看好，却率先下海（在你之后，人事处师资科科长、劳资科科长相继调离湘大），是什么促使你下这个决心的？湘大给你留下了什么样的记忆和对生活的感受？

答：我跟湘潭大学的关系是从大学录取通知书开始的，那是一九七九年夏天的某一天，我记得非常清楚，当时我正在看卡夫卡的《变形记》，那是一部让人欲罢不能、极其压抑的书（我曾经有大半年时间没缓过劲来）。那时的大学生被称为天之骄子，一纸大学录取通知书可以让大半个县城的人当成时事新闻说上小半天，我拿到录取通知书的时候却有点郁闷，因为我想读中文系，却被录取到了政经系（哲学系

背靠大树好乘凉。

和经济系的前身）的哲学专业。

因为父亲有个同事早几年调到了湘大，还是搞行政的，多少有点权力，便想托她找找关系，所以我们提前一天启程报到。后来的事实证明，那时候的社会风气真的不错，因为我转系的事情没有搞成。就这样，我在十七岁的时候，便开始系统地接受马克思列宁主义和毛泽东思想的教育。

哲学被誉为聪明的学问，十几岁的半大人捧读那些逻辑性极强因而也极其枯燥生涩的哲学著作，在我看来有如残酷的精神惩罚，我就不知道我认真地读完过几本哲学著作。好在图书馆的借书证也可以借文学书，我读得最多的是陀思妥耶夫斯基的书，他的书读起来绝对不明快，却很让人上瘾。我还读完了十二卷本的《莎士比亚全集》，说实话，当时觉得并不怎么样，我想那是因为我生活阅历太浅的缘故。

倒过来说一句，当我过了三十岁以后，我便开始庆幸大学时进行的哲学训练，它没有教给我任何一门实用的技能，却潜移默化地让我养成了一种形而上的思辨习惯，当我极其自然地从不同的角度看待同一个事件、同一个现象、同一个人的时候，我觉得自己思想的疆域得到了广度与深度方面的拓展，我觉得我比一般的人更自由，也更宽容。我认为这都要拜哲学所赐。

更多的梦还是与文学有关。我曾经写过诗，直到许多年以后才搞明白，诗是与荷尔蒙分泌的强弱有直接关系的一种东西，并不是把某句话故意分成几行，参差不齐排列起来那么简单的问题，它应该杂糅进精神病患者秩序混乱、色彩杂乱的影像世界和失语者梦幻中偶尔流利的呓语。总而言之，诗不是我这种俗人能写的。

但这并不影响我们编辑出版诗集。我的同班同学黄新华现在算得上湖南餐饮界的一位人物，他是我们班最早写诗、最早在正规刊物发表诗作的人。正是对诗歌的迷恋，使我们迷乱的青春骚动，没有演变成钻出栅栏在歧途中迷失的羔羊。

最大的遗憾是大学四年没有轰轰烈烈地谈过恋爱。外语系女生是漂亮的，不知道为什么，我却总也不敢接近，更不要说下手了。于是只好把她们想象成徒有其表的花瓶，而哲学系的有为青年，是不屑于跟花瓶谈情说爱的，现在想来，不知道是不是因此错过了一段好姻缘。

你们寄给我的样刊中，有何云波先生的回忆文章，我关于湘大读书时的记忆，大概也就是那个样子。

我为什么会留校我并不知道，是真的不知道。只记得班主任彭敦富先生找我谈过一次话，我当时还觉得奇怪，我说我不是党员呢。他说不是党员没关系，可以争取嘛。我说好吧，就这样定下来了。这事往好里说叫服从组织安排，往另外一个方向说叫懵里懵懂。

不适合做行政工作却是肯定的，跟我一起留在机关的还有好几个，记忆中入党和提副科，我都是最慢的。我心软，对于生活困难，要求照顾调进来的职工配偶，我很同情。对于要求调出的骨干教师，我很理解，因此，作为人员调配的最基层关口，由我这样的人来把守，是极不恰当的。

有两件事可以说一下。第一件事，有次搞卫生，发现文件柜里有一串鞭炮，一般的人也许把它扔了就完事了，我却想知道它还能不能被点燃，一试，哪有不被点燃的道理？那串鞭炮不知道已经被放了几年了，却没有一点受潮，爆炸的声音又响又脆，整个办公楼都被震动了，偏偏那天正在开校长办公会，不得不停下来等那串鞭炮炸完，我也因此"一鸣惊人"。

第二件事也跟校长办公会有关。中午喝酒喝高了，轮到讨论人事处的议题时，作为主讲人的我，正在家里呼呼大睡，学校派当时的团委书记张爱国先生来叫我，却被我拖住了，听我发表长篇大论，据说内容涉及天文地理人生哲学，最后以高唱《国际歌》而告一段落。

这两件事足以证明，我从来就不是一个称职的行政管理人员。

我为什么下海？我也不是很清楚。好像是受了朋友的怂恿。我是一个很听朋友话的人。再说，那个时候多年轻呀，干什么都来得及，哪怕是犯错误，都有时间和机会去改正。

但是，我的第一篇短篇小说《有人敲门》是在湘大写作和发表的：某一个无法排遣的黄昏，一个留校工作的年轻人待在自己的单身宿舍里，年终小结似的回顾着自己近期的生活和工作，想象着与某条连衣裙似是而非的爱情，正准备在精神领域好好地风花雪月一番，传来了敲门声，打开门一看，却是一个收破烂的："师傅，有空酒瓶卖吗？"

《青瓷》的结尾跟门也有关系，张仲平四面楚歌，想在他小情人曾真处寻找最后的安慰，不期老婆唐雯尾随而至，把他堵在了门里，并逼着他把门打开。门打开了会怎样？这是读者关心的问题。可我不知道，因为对我来说，小说已经写完了。

再过几天，是我四十五岁的生日，生活，曾经为我打开过一扇又一扇门，又为我关闭过一扇又一扇门，我对生活的热爱却始终没有改变。一条路走不通，换一条就是。谁说这条路的风光不如那一条？

酒是好东西，可以让
人成为江湖好汉。茶
是好东西，可以让人
得道成仙。

瞧，是不是已经有了些哲学家的味道？

那么，就到这里吧。

原载《湘大校友》2007 年第 2 期

肖友惠，湘潭大学校友记者

简以宁对话浮石

问：您的长篇处女作《青瓷》被称为二〇〇六年的"文学事件"，书里语焉不详的作者简介、"浮石"的笔名以及作品与当时省内最大司法腐败案的关联，曾引发诸多猜测与坊间传闻，随着作品的畅销和热议，您的真实身份与经历也被曝光，媒体曾经赋予您四种文化符号：大学教授、身家千万的老板、犯罪嫌疑人和畅销书作家，对这个问题您有什么话要说吗？您能否具体介绍一下《青瓷》的创作动机与背景？

答：先简单地说一下我的经历吧。先谈我的大学生活。我一九七九年九月考入湘潭大学哲学系学习，毕业后留在湘潭大学人事处工作，有媒体说我曾任副处长、处长，那是误传，我做的最大的官儿是人事科科长，并在任上下海。其实，在一个单位，人事科长的权力算是很大的，会有很多人巴结你，给你送东西，我记得当年抽烟喝酒从来就不需要花自己的钱。如果我继续走为官之道，我百分之百会成为贪

没有鱼儿的贪婪，
就没有渔夫的收获。

官，道理很简单，因为一个人可以经受住另外一个人的拉拢腐蚀，但绝对抵挡不了一百个人一千个人每时每刻对你施予的形形色色的诱惑，那种诱惑很可能还会披着人情世故的温情脉脉的外衣，很可能还会采取一种润物细无声的方式进行，你以为你不是人呀？不怕贼偷就怕贼惦记呀。最主要的是，在一个监督机制缺失的权力运行体系内，贪腐很容易成为一种常态。好在那时我是一个尚在做文学之梦的好青年，之所以没有成为贪官，没有别的，仅仅因为我喜欢假装清高，不想让自己太斯文扫地罢了。由于同样的原因，我升官的速度总是比别人慢半拍，不是不懂所谓的官场套路，而是脸皮太薄、胆子太小，总是把希望寄托在领导发现和赏识上，这就比较被动，因此也有些郁闷，对养家糊口的职业也就有点三心二意，反而把更多的时间和精力花在了文学创作上。靠着自然投稿，我在《青年作家》《小说界》和《芙蓉》这样的纯文学刊物上发表过不少小说，当时中文系缺写作课老师，我就去兼了，还挺受学生欢迎的，因为我上课跟别的老师不一样，总是注意让学生自由发挥。

《青瓷》出版发行后有读者对我的文笔不以为然，大概觉得那种口语化的表达不够有文采。对这种不以为然我更加不以为然，心想叔叔我二三十年前就会用漂亮的辞藻砌房子了，也曾一口气写个几百千把字不用标点符号，要在花生米上裹点加了盐或放了糖的面粉，做那样的鱼皮花生还不是小菜一碟？但这种说法好像有点自恋，就此打住。

再说我的从商经历。上世纪八九十年代，知识分子纷纷下海，经我之手调到深圳、广州和海南的老师每年都有几十个，他们反过来做我的策反工作，使我终于于一九九二年自己带着档案去了海南。干了好多种职业，如房地产、广告、贸易、证券和拍卖。我这么说绝对是在夸海口，因为做房地产其实不过是跟着老板见过几个海南的"土著"，为几块真实存在的土地和几张真假难辨的红线图接触过几个买家和银行行长、副行长；所谓做广告，不过是因为我任副总经理的某报业集团公司有广告从业资质，客户要在报纸上打广告，我们接了，替客户到报社广告部交钱，然后从那里提成；做贸易的经历要稍微惊险刺激一些，当时怀揣几百块钱差旅费来长沙替公司倒彩电，几次差点要成最后都没成，因为找的几个下家像我一样都是空手套白狼的主，需要真金白银的时候口袋里拿不出米。最后我通过朋友做成了一笔纸生意，钱货两清之际，我却被自己的合作伙伴背后捅了一刀——为了独吞好处费，他们居然设计把我弄到望麓园派出所里关了一个晚上，让我对某些长沙人和个别人民警察产生了深刻的印象。再说说证券吧，我因为炒法人股赚到了第一桶金（当时乡政府有个亲戚，说那次我赚的钱相当于他们乡全年的财政收入），在这之前我也从来没有见过那么多钱，未免头脑有些发热，一发热就把钱投到了股市，马上亏空得所剩无几，真应验了那句话，来于尘土归于尘土；最靠谱的是拍卖，租了一个濒临倒闭的拍卖公司的牌子，专拍艺术品。应该说，海南艺术品拍卖市场的繁荣有我一份功劳，因为我不仅可以两个星期在海口组织举办一场艺术品拍卖会，还在琼海、三亚留下了敲槌之声。海南艺术品拍卖市场的凋零则要"归功"于别的拍卖公司，因为他们群起而模仿，全然不懂价格取决于供求关系的经济学基本原理，通过掠夺性开发而使其很快荒漠化。

一九九八年，我回湖南创办了自己的拍卖公司，看中的是法院和资产公司的拍卖业务。我虽然在海口混过，却仍然很傻很天真，以为把公司的牌子往最好的写字楼里一挂，就会业务不断、财源滚滚。当然我不是真的傻，经过一番努力，从此风生水起，几乎每个星期都有公司举办的拍卖会。我从来没有飘飘然过，总是注意在潜规则和违法乱纪之间寻求平衡。实践证明，这不过是一种良好的愿望，所有踩钢丝的人最后都要从钢丝上下来——要么自己走下来，要么摔下来。二〇〇三年十二月，我因卷入省内最大的一宗司法腐败案被所谓的哥们儿"出卖"而被"请"进了湖南省看守所。看守所同一监室里关押的都是一些经济方面的犯罪嫌疑人，最有名的当属后来被毙掉了的郴州住房公积金原主任李树彪。这段经历对我来说意义非凡，我会在今后的某部作品里专门写到（我估计会很畅销，因为对于每一个有贪腐行为的人来说，实在需要这样的课外读物以提前熟悉他们下半辈子可能要去的地方的环境，而这样的人应该不在少数）。看守所里能干什么呢？可以整天打牌下棋、不加节制地锻炼身体，也可以整夜失眠、不舍昼夜地唉声叹气。

总之会因为无聊而觉得时光漫漫无尽期。在里面，我很快看完了前几届"同学"留下的法律书和武侠书（看法律书让我完成了真正意义上的普法教育，以至于后来有读者认为我是法律专业的毕业生；看武侠小说则有助于任何一个身陷囹圄者做穿墙而出的白日梦）。年轻时做过的文学梦轻易复活，我开始了趴在通铺上的写作生活。所以，不想太无聊应该是我写书的最初原因。还有一个原因，是想为下半辈子谋个生路，当时我有一个强烈的信念，就是不能因为被关押而成为一个废人，否则，上有老下有小，出去以后何以尽为人子为人父之责任？虽然也曾与"同学"们做过"职业规

不到最高处，
难见云卷云舒。

划"，但总觉得那都是镜中花水中月。在"里面"，我也对中国企业家（特别是民营企业家）的生存环境、经营环境进行了客观深入的研究，得出的结论很不乐观。在这种情况下，文学不但成为了我的避难所，而且成为今后生计的一根救命稻草。其实那时我对文坛和出版行业完全不了解，还以为当作家能相对安全地发财致富，就这么写了下来，很快便有了五十多万字。第一本书写完之后以为可以出来了，却被告知仍然不行。于是继续写，直到第二本小说也完了稿，才于第二天重见天日。

从看守所里出来以后我兴冲冲地把稿子打印出来找地方发表，很快迎来了当头一棒：我跟北京、上海的出版社及书商联系，他们要么不敢出版，要么开的起印数或版税太低。一波三折，湖南文艺出版社最终冒险出版了它。

借此机会，我首先要感谢我的大学同学、湖大出版社社长雷鸣，因为稿子是他向湖南文艺社社长刘清华推荐的；接着要感谢刘清华，因为如果没有他的勇气与坚持，很有可能成不了书；然后我要感谢责任编辑汤亚竹与社里各部门员工的辛勤劳动与力推，正是众人的努力才使一个身背取保候审者坏名声的业余作者成了畅销书作家。如果要感谢，还可以开出很长的名单，如新闻出版集团、新闻出版局乃至省委宣传部，正是这些支持与呵护，才使饱受争议、毁誉参半的《青瓷》未夭折，并终于在图书市场上占有一席之地。而在改编成广播剧、话剧的过程中，金鹰955电台、湖南经视、潇湘电影频道和湖南省话剧团很多原来并不认识的人，都对它倾注了极大的心血。

迄今为止，《青瓷》已经印刷三十四次，获得"全国优秀畅销图书奖"、入选"改革开放三十年最有影响力书目"、获得"经典中国国际出版工程"项目资助，并已在越南、韩国出版，凭着出版发行的版税、话剧商演、形象代言以及电视剧版权的转让与剧本改编，《青瓷》给我带来了将近四百万的收益，虽然这一数字可能只相当于当年做拍卖生意时的某一单业务，但这种钱却是纯粹的，是一种阳光财富。从某种程度上来说，我甚至要感谢这段坐牢的经历。

问：《青瓷》是中国历史上第一本以拍卖行业为背景的长篇小说，它的成功似乎使您在拍卖行业找到了一座金矿，因为您随之推出的《红袖》写的还是拍卖。《红袖》也非常畅销，不仅多次登上全国开卷图书排行榜，而且一度荣获月度第一。我的问题是：因为您之前从事过多年拍卖行业，这两本书都让人不由自主地总是联想起您自身与作品主人公的关联，您是一个行业写作者吗？您觉得作品有多大程度是在

种豆得瓜

庚子芒种

种豆得瓜。

表达作者自己？媒体有时称您为官场文学作家，有时又称您为财经作家，您觉得哪种称谓更适合于您？

答：二十多年前我发表的那些小说大多是一种类型，就是所谓的现代派，受卡夫卡和加西亚·马尔克斯的影响比较明显，那是一种玩弄个人感情的东西，放到现在应该不会有什么市场。《青瓷》的所谓成功不在于它的题材，而在于它揭开了面纱下面的极度真实。我曾经说过，《青瓷》真实与虚构的比例是 85：15，我的意思不是说我把自己做生意的事和闹婚外情的事原封不动地搬到了小说里，而是说不管是光明的还是阴暗的，也不管是干净的还是龌龊的，我都尽可能不加修饰地予以最大程度的还原与展现。所以，当读者读到那些人和事的时候，才会有那么强烈的亲近感与认同感，乃至于让他们产生错觉，以为那些故事就发生在周围的人身上，甚至就是自己的故事。是的，人们在日常生活中往往是不假思索的、惯性的、懈怠的，《青瓷》则像一面镜子，让很多人在措手不及的情况下观照到了自己的真实生活。而我能够做到这一点，恰恰受惠于当时身处的那种环境与拥有的那种心情——我都已经是阶下之囚了，我还惧怕什么？我还要向谁献媚？我迫切需要的，是通过对自己前半生冷静、客观的回顾总结，让自己了解生命本身的意义。

所以，当有人把《青瓷》当成一本行业揭秘的书来读的时候，我认为是对其文本意义的低估。它当然不是一本行业入门指南，甚至不仅仅是一本"学关系、用关系"的教辅材料（《青瓷》广告语），我更愿意把它看成是社会转型时期官商关系和男女关系的真实记载，它在某种意义上写的确实是我自己的故事，另外一方面，我在写作的过程中又竭力不带感情、不动声色、不置可否，因为我只想为后人提供一个了解这个时代人们生存状态、思想情感状态与价值取向的真实标本。

相比于《青瓷》的随性与一气呵成，《红袖》的写作要从容很多，却也刻意很多。无论是结构编排、人物设置、故事串连还是遣词造句，我都花了大量的精力与心思。其中真实与虚构的比例为 15 ：85。为什么还要写拍卖？因为我觉得《青瓷》的故事与人物过于单一，缺乏一种全景展示的宽度与深度，以及揭示的厚重，而拍卖是最能直接反映官商关系的。另外，从女性的角度审视当下社会，更能呈现出一种层次丰富的绮丽风光，如果真想为后人提供一个了解这个时代人们生存状态、思想情感状态与价值取向的真实标本，这是不可缺少的。从市场表现来看，《红袖》略逊于《青瓷》，对此我一直耿耿于怀，在我心目中，《红袖》是要优秀于《青瓷》的，我甚至自认为里面的每一个人物都可圈可点。

给作家贴上标签有助于市场定位与销售，我并不反对。因为我做过近十年行政工作，也做过十多年的生意，所以，我对官场和商场还算有些了解。作家中有我这种经历的人应该不是很多（起码，他们难得有那种坐牢的体验吧，哈哈），这是我的特色，我会一直关注官场、商场和情场。仔细分析一下，当下的每一个人，又怎么能离开这个场那个场呢？问题不在于你写什么，而在于你怎么写。问题也不在于你被贴上了什么样的标签，而在于读者是否买你的账。我尊重市场与读者的选择。为此，我对自己的要求是不要为写作而写作，除非确实有进步，能够全面或至少在某一方面超越自己，否则不要轻易出版作品，免得浪费了别人的银子和时间。

问：现在让我们单独谈谈《红袖》里的柳絮吧。读她的时候，我有一种分裂的感觉。既然她不能容许丈夫有丁点的偏离，可是她却能纵容自己不断地在情场试水。说实话，我有些惊愕。也许您着意想表现的是她在现实的逼迫下不得已而为之的无奈，这让我看到您对这个男女不平等的社会不经意地挥下了一软鞭。可作为读者特别是女性读者来说，对于她这样一种莫名的心理状态，总觉得您在描画这个人的时候

不吃苦中苦，如何
能成人上人？

卧薪尝胆图

不吃苦中苦
如何成人上人

丙申三月
绿语堂主人
林锴

有敛笔三分之感。您创造柳絮的时候，对她是怀着怎样的心情呢？您觉得柳絮与唐雯、江小璐以及安琪，她们之间有什么本质的区别吗？当代社会的柳絮们唐雯们安琪们，她们的灵肉出路在哪里呢？

答：首先要搞清楚一下时间顺序，这很重要。柳絮老公黄逸飞先做初一，然后才是她自己做十五。黄逸飞也不是一般性质的出轨而是嫖娼。我们假设他是爱柳絮的，只是因为当时柳絮怀孕在身他实在憋不住了才到外面去乱来，加上他运气不好碰上了扫黄打黑，这才露了马脚。柳絮无疑是爱他的，她知道这个消息以后几乎崩溃就是证明，她执意离婚则证明她是一个有精神与情感洁癖的女人。我知道你问话的意思，就是既然如此，柳絮为什么要对人对己两套标准？不管是与下属杜俊偷情偷欢，还是委身于高院执行局局长曹洪波、高院副院长贺桐，我们都看不到她的挣扎。为什么要挣扎？男人出轨的时候会有像模像样的挣扎吗？他恐怕只会把大量的精力花在如何向配偶隐瞒上。是的，我要说的是这种质疑本身恰恰暴露了提问者男女不平等的思想根源，恰恰是提问者在对男人女人实行两套不同的评判标准。否则，男人可以家里红旗不倒、外面彩旗飘飘，女人为什么就不能因为感情需要、生理需要、生意需要而在男人那里左右逢源？我当然愿意欣赏、颂扬男女彼此专一忠诚的爱情，但问题首先要看对方是否值得为之专一忠诚。

对于比例大致占到一半的女性，这个社会给予她们的机会与尊重实在是少得可怜。在权力与财富方面男人是绝对的王者，成了王者的男人大概觉得还不够，便把女人也列为资源，以多多占有而后快。男女之间是存在博弈关系的。如果哪一天女性能够大致占据权力与财富的半壁江山，社会一定会比现在和谐得多，因为那种状态是以男女平等为前提的，那时候才能叫做女性的彻底解放，那时的她们则会比现在更加绚丽多姿，所以说女性地位的提高应该是社会进步的一种表现。我对社会生活中的官商关系非常感兴趣，这是我小说创作的一个切入点。我觉得资源交换是社会转型时期两者关系的常态，在《青瓷》中表现为权钱交易，在《红袖》中表现为权色交易。柳絮美丽、优雅、睿智、能干，这样多的优点集于一身，而要成功最后还得靠跟人睡觉，这是什么性质的问题？也许你可以站在道德的制高点对这样的女人予以不屑或鄙视，但我更希望激发读者对权力运行机制、男女社会地位的现状予以严肃认真的思考。

从传宗接代的角度来说，女人承担了更大的痛苦与责任；从社会分工的角度来说，女人更有理由产生不安定感、不安全感；从生理上抗衰老的角度来说，女人也没有更多的优势可言。所以，女人天生就是脆弱的、需要呵护的，女人对男人、对家庭的依附感是要大大地强于男人的。她们更企盼拥有一个家，愿意花更多的心智与精力维系家庭的安全和谐。在这一点上，柳絮和唐雯、江小璐、安琪应该是没有多大的差别的。但是，当女人觉得没有一个特定的、专一的男人可以依靠的时候，她会自觉或不自觉地使自己具有某种男性的特质与强势，这可以说是一种求生的本能表现。柳絮本想给老公做一个温婉贤淑的堂客却不得不去做一个什么都要靠自己打拼的职业女性，因此她是不具有足够的亲和力的，让人不得不替她惋惜；唐雯在《青瓷》三分之二的篇幅里是一个大智若愚的知足常乐者，因为她老公给了她家庭生活幸福美满的假象，而在书里结尾部分，她将为了那个曾经美丽的谎言困兽犹斗；江小璐应该是被男人伤害过之后大彻大悟的女人，对男人不抱希望所以不会失望。反过来说，中年男人们更愿意找这样的女人作为自己的出轨对象，因为这是一个永远只会对你若即若离的女人，对你不爱那么多、只爱一点点，大家能够彼此轻松相处、平安无事；至于安琪，因为没有传统道德的桎梏而活得自然随性，但她真正的人生才刚刚开始，前途如何真的很难说。还有《红袖》里的柳倩和小姑娘，塑造这两个女性形象时我也费了很多思量，她们是更有生存能力的两个人。

我也不知道她们的灵肉出路在哪里。只要她们身边的男人还在折腾，她们也就别想消停。不要抱怨，生活就是这样，继续吧。

问：您于二〇〇九年出版了长篇纪实文学《非常媒·戒》，这让那些期待您的新小说作品的读者有点出乎意料，因为您很早就向全国人民宣布过，您是一个"好色"的作家，将为读者创作"青红皂白"四部长篇小说。您为什么会中断您的创作计划？《青瓷》《红袖》之后，其他两本书的写作进展情况如何？请谈一谈您的创作计划。

答：长篇纪实文学《非常媒·戒》是一本为年轻企业家王伟"树碑立传"的作品，描写了他从上海天娱"叛逃"出来组建新活动传媒公司的过程。这本书曾经引起轩然大波，至今仍被电视传媒人、活动策划运营者争相阅读、议论。因为它曾为王伟的新公司树立了很好的品牌形象。不过，它也曾一度被当成一本广告书，说是因为我拿了王伟的钱才写这本书的。其实，这是一本关于文化体制改革的书，不乏商业运作的筹谋智慧和名利实权的争夺技巧，它是可以当成活生生的官场文学来阅读与研究的。除此之外，这本书最重要的特点就是真实。我曾经忐忑不安，担心对书中涉及的真人真事相关素材的取舍与评判是否公正，实践证明，大家（包括书中指名道姓的一些人）对它还是基本认可的。我为什么要停下自己的小说创作计划写这样一本书？因为王伟和他的团队曾经让我很感动，就像史玉柱说的："这是一本结合天娱传媒的企业史解读王伟的书……这本书或王伟的经历，不是一个高高在上的财富传奇，也不是一个遥不可及的创业神话，这就是一个平凡的人和平凡的团队不断自我超越的不平凡的奋斗故事，是我们每个人都可以复制的成功。"至于我拿没拿王伟的钱，这不重要，我有我自己的立场，有维护我自己的品牌形象的需要。可以肯定的是，今后如果有需要，我还会写这样的书。

顺便说一下，在我心目中，现实生活是重于文学创作的，如果硬条件和软环境好一点，我是宁愿做生意也不愿意当作家的。我欣赏那些有社会责任感的作家（姑且认为他们讲的那些豪言壮语都是心里话），但说到社会对作家劳动成果的尊重，应该说做得远远不够，而当作家越来越沦为一种弱势群体的时候，对于我们正在构建的和谐社会来说，是幸运的还是不幸的？

《青瓷》《红袖》之后的第三本书叫《皂香》，第四本书叫《白绫》,《皂香》已经写了十来万字,自我感觉良好。《皂香》原稿是在看守所里写的,原先的题目叫《男女关系》,这本书稿我搁了六年,一直没有出版是因为其行业背景仍然是拍卖,我很怕倒了读者的胃口。最近找到了一个机会,给主人公设定了一个另外的职业,这个职业完全能够让这本书起死回生,因为它能够最大限度地呈现当下生活的奇形怪状、精彩纷呈。目前这两本书的出版合同都已经签了,将在二〇一一年上半年和下半年出版。无一例外,这两本书仍然要写到官商关系与男女关系,我要做的工作是尽量不让读者失望,其他的内容我不想说得太多,请大家到时候看书吧。

我还有一个写作计划,就是为"青红皂白"写续集。这个想法是在为《青瓷》做电视剧编剧的过程中产生的。电视剧《青瓷》和小说《青瓷》会有极大的不同,不管是人物关系的设置,还是主要矛盾冲突的推进,甚至人物的价值观取向,有些地方是颠覆性的。如果拿小说创作和影视剧本创作来比较,我更喜欢后者。前者可以更人性化、更情绪化,不存在多大的技术性难度,后者更讲究工艺流程和与观众的互动。电视剧《青瓷》的投资人与导演是拍了许多优秀悬疑案件、惊悚片的李骏先生,他对我的剧本要求是观众觉得平淡的时间不能超过八秒钟,这真是对我生活经验与智力的

喝酒的人，两杯三杯下肚，必拉扯吵嚷；品茶的人，一壶又一壶，仍心平气和、从容容。

极大挑战。让人感到欣慰的是，我们的合作非常愉快。再过两个月剧本就要完稿了，李骏对我的剧本估价是每集八到十二万，所以我今后会把更多的精力放在编剧上。

我希望《青瓷》小说第二部能在电视剧播得最火的时候出版发行，这样，两部作品就能够很好地衔接。我会首选湖南文艺出版社出版这部作品，以向刘清华社长和他的同事们再次致敬。

原载《文学界》2010 年第 10 期上旬刊

简以宁，青年女作家

连辑谈浮石绘话

　　浮石的画耐看。因为它有内涵，能让读者驻足品味。我觉得浮石的画有几个鲜明的特点。

　　一是绘画的哲学性思辨。每一幅图式都有揭示主题的题款；每一篇题款都是思辨性很强的警策之句；每一段警句都很智慧机巧，耐人寻味。

　　二是艺术造型风格化。比如：人物形象被定型。每幅画主题不同，但主人公始终是一个人。人物造型别具一格，一根冲天杵小辫，两块醒目的眼白，像相声双簧的前脸，漫画式的诙谐幽默，成为人物形象的标志，有很高的辨识度。

　　三是专注神态的刻画。国画小品，一般都是小景别的特写，如何取舍当有讲究。浮石的画一切从简，只专注人物神态的刻画。其成功之处在于，相同的人物，不同的神态，恰如其分地诠释了不同的思辨性主题。

　　四是笔墨传统古朴。浮石的画在技法上也有可称道处。

比如造型高度概括，夸张；笔墨的写意性很强，主观性很强；勾线，积墨，用色古拙朴素，以能说明主题为限，没有多余笔墨。

　　五是画面流露出作者的深厚学养。比如小中见大。小尺幅、旧题材，大主题、深内涵。再比如曲中取直。表面上调笑取乐，轻松自得，本质上严肃认真，深刻凝重。还比如以己醒人。浮石作画与其说在作画，不如说在思悟，与其说是言他，不如说是自况。他用个人所悟提醒于人，有一种空灵的禅意。所有这些，没有深厚的学养是很难做到的。

连辑

2020.7.8 晚

王鲁湘谈浮石绘话

中国传统绘画中有谐画，不完全与漫画相同。漫画是个舶来品，主要依托出版业，以简练变形之幽默笔法，画世间百态，人生万相，其态度或讥或讽，或谐或谑，甚或如匕首投枪，鞭挞乃至控诉，手法不限，小大随便，繁简自由，是普罗大众最紧跟时势最有新闻价值的通俗艺术。

中国的谐画不完全如此。基本上还是属于文人画中的人物画，一般以文人为打趣对象，拣文人之酸、痴、散、逸故事，刺人性之贪、愚、惰、顽根性，亦时或有孤芳自赏之傲世，有标谤不入时流之清高，甚至还有居高临下的装愚充愣，以看似昏昏而反讽庸众之所谓昭昭。这是专制主义文化培育出来的一支带刺的玫瑰，从庄周曳尾于涂开始，递经魏晋名士的药酒风流，历代不合时宜的文人墨客，不得中道，便为狂狷，墨戏谐画，游戏人生，一腔子的愤世嫉俗，横溢而出，化为逸笔草草的几个畸人奇士，疯疯癫癫，假语村言，说东道西。会心者嘿嘿一笑，不必是当头棒喝，也未必能醍醐灌顶，但能如食酸辣，能使人一抖擞，或如湘人之嚼槟榔，可助人清醒，斯文足矣。

以上的话都是为吾学弟浮石说的。能画这样墨戏谐画之人，必是文人、学士，而浮石在大学混过科长，又是作家；还得入世很深，在市井中游戏社会，深谙人性；浮石又搞拍卖又办高科技公司，三教九流无所不交。还得出淤泥而不染，濯清涟而不妖，人格洁癖不能丢，否则根本就不会去画这些个劳什子！

浮石老弟这些禀赋和资历都有，加上他又是个湖南人，湖南人庄起来严肃得怕人，谐起来好不正经，叫花子穷快活，骨子里亦庄亦谐。浮石就是这么一个严肃认真思考又快活游戏人生的文人企业家，他画的谐画是真人不说假话的严肃认真的好玩的画。

浮石要把他的谐画集册出版，这些本来是为独善其身而自娱的作品，出版后就是兼济天下的警世恒言了。

朱训德谈浮石绘话

浮石文名早成，二十多岁即以本名胡刚发表中短篇小说近十篇而加入省作协。二〇〇六年以笔名"浮石"犹抱琵琶半遮面地发表长篇处女作《青瓷》，一夜怒放。该书盗版无数、获奖无数，成为当年政商两界必读书目。影响了整整一代刚进入社会的大学毕业生，该书导语"中国式关系"随之成为社会热词，浮石也因此而成为中国著名政商小说、财经小说作家及名副其实的湖湘文化名人，我们之间也开始有了交集。

浮石大学念的是哲学系，毕业后留校，做人事干部，当写作课老师。后又下海经商，从艺术品拍卖到司法拍卖，一度做得风生水起，成为中国先富起来的第一拨人。之后的图圄之灾让他从"富翁"到"负翁"，竟又以一部享誉海内外的《青瓷》逆风翻盘，随后出版的多部畅销小说、杂文集和画册，让他从此活跃在文化艺术界，完成了作家、影视编

摔倒了才知道谁
愿意扶你一把。

剧、画家的身份叠加。如此丰富的人生经历，使他在当代湖湘名人中显得多少有些出格与另类。

近日，浮石发信息给我，说准备再度出版一本图文夹杂的书，请我写几句点评的话，五十字到一百字即可。随后发来了准备上书的十来幅水墨人物画作品，一看，乍是惊喜。真的很是惊喜。

我随即发回一句话："各有各的搞法，这个世界才会丰富。"

到晚上八点左右，估计是他助手回音说："浮石老师今天有点喝醉了。托我告诉您，定另择时间面谢主席。"能喝醉，证明浮石够率性，对朋友不设防。人虽醉，还惦记着该有的礼数，证明浮石够理性，有修养。

我很喜欢浮石这种状态。他是一个喜欢折腾的人，他常自我调侃："我是一个在哪里跌倒，又能在别的地方很快爬起来，并且继续折腾的人，并总是像傻瓜一样乐观。"

这两年，他除了画画，其余的时间都用来做电影做电视，还做酒。不了解他的人，真不知道他是怎么在文艺范儿与孔方兄之间自由转换的。他总是能在各种身份与状态中左右互搏、上天入地、飘忽腾挪，别人看着都累，于他却是一种举重若轻的从容。

我因此相信浮石是把生活当艺术，把艺术当生活了。他的小说，是深深植根于生活的。看似漫不经心的、拉家常式的口语化表达，却不乏智者或冷峻或自我调侃的警句，抚慰人性的痛点，令人豁然开朗。他的文字因此同时具有了人间烟火气与飘缈的画意诗情，一种强烈的艺术张力与不可言说的浑沌力量。

我之所以惊喜，恰是因为浮石的画作与他的小说，有同样的基因、骨骼、血脉、肌理与气象，它们的灵魂是相通的。他画笔下的一个个形态，一个个身影，一双双眼神，一种种似是而非、似非而是的情绪，总是简化为一种境界，令人遐想与深思，在浑拙的笔墨里传递出画者发自内心的一份沉思，一份真诚的吞吐，一份会心的微笑，一声在洪荒苍茫处的吟啸。

概括地说，他的小说与画作无不打上"浮石"的深深烙印，内涵丰富，层次浑然而雅俗共赏，看山是山看水是水，还是看山不是山看水不是水，将取决于读者与欣赏者与他的作品亲近的程度，甚至会对读者与欣赏者自身的层次与综合修养，提出反向要求。

看似纯朴而谦逊的浮石，其实是有绘画野心的。这种野心，就是以齐白石、黄永玉精神传承人的身份自居，以用

与其等人来抱团
取暖，不如自己
先生一盆火。

笔墨直抒胸襟为己任与使命，而全然不顾他在绘画领域的学识、技法积累，是否使他拥有了当然的资格。是的，浮石并不在意是否为同行认可，他内心似乎已经强大到了完全不讲究绘画的图式、结构、章法，乃至用笔用色的程度。这反而使他免除了陈规的茧缚，而专心注重于集合与调度蕴藏于内心深处的哲学修养、文学手艺与艺术悟性，化繁为简，以一种拙朴、简单、率真的方式进入人的内心。

浮石的画，也就因为笨拙稚嫩而有趣，也就因为内涵丰富而有味，也就因为不拘于技法而极简、而质朴、而真美！

浮石甚至并不在意自己是不是画家，他更愿意接受自己只是一个用他自己理解的中国画笔墨讲故事的人设，他时而化身为贩夫走卒，时而化身为饮酒者品茗者修行者，时而化身为各类菩萨各种呆萌的动物乃至有情草木，就为打开与世界沟通对话的开关与通道，以让人们借此进入浮石营造的亦庄亦谐、亦真亦幻的文学与艺术的世界，聆听他的絮叨，而常有余音绕梁三日之感。

朱训德

2020 年 6 月初稿，2020 年 7 月修改于后湖